alta mar

Misterio

Bruño

Bárbara y el misterio de Ariadna

César Fernández

Ilustración
Francesc Rovira

Taller de lectura
César Fernández

Juan Ignacio Luca de Tena, 15. 28027 Madrid.
www.brunolibros.es

Dirección del proyecto editorial
Trini Marull

Dirección editorial
Isabel Carril

Edición
Cristina González
Begoña Lozano

Preimpresión
Mar Morales

Diseño
Inventa Comunicación

Este libro dispone de un **cuaderno de Lectura Eficaz, Juegos de Lectura, n.° 79**

Primera edición: octubre 2002
Duodécima edición: agosto 20113

ISBN: 978-84-216-9259-2
D. legal: M-40705-2011

Printed in Spain

César Fernández

El autor

- Es autor de cuentos y novelas para niños, y ha obtenido premios nacionales por relatos en los que se combinan la intriga y el humor.
- Como profesor de Didáctica de la Literatura en la Universidad Complutense de Madrid, escribe artículos y manuales sobre las técnicas para recrear las obras literarias.
- Defiende que lo más asombroso y fantástico es también lo más real, y está convencido de que lo más valioso es lo más cercano.
- Dice que de sus tres niñas: Charo, Casandra y Bárbara, le vienen las mejores ideas, así como los días más soleados.

altamar

Para ti...

¡Hola!
¿Te has dado cuenta de que la vida
es asombrosa?
¿Sabes dónde está el mayor misterio?
Pues, ¡a tu alrededor!
Solo hace falta que abras bien los ojos,
los oídos...
¿Sabes dónde se esconde lo más valioso?
No se oculta, está al alcance de tu mano.
Vamos, te invito a que entres
en este cuento.
Pasarás un rato divertido y descubrirás
lo alucinante que puede ser
todo lo que nos rodea.

César

Para Charo, Casandra y Bárbara,
con las que comparto
mis sueños azules
y mis fantasmas más entrañables.

1

Un extraño olor a miel

EN cuanto la vi, supe que escondía un gran misterio.

Ya sé que no hay que fiarse de las apariencias, porque a veces engañan. Yo misma, aunque soy una niña un poco gordita, también soy una detective muy ágil.

Aquello fue una corazonada. Mi madre dice que mi padre, que murió cuando yo era muy pequeña, también tenía corazonadas y que casi siempre acertaba. O sea, que me viene de mi padre, como los ojos negros, la piel tan morena, el pelo rizado y que me gusten tanto los dulces, sobre todo el chocolate.

Era viernes por la tarde y yo volvía del cole, cargada con mi mochila. Nada más entrar en el portal de casa, me encontré con la espalda de aquella mujer, que esperaba el ascensor rígida como una estatua.

Me llegó un olor a miel. A lo mejor era su colonia, aunque yo no sabía si se venden perfumes de miel. No se dio cuenta de mi presencia, y me quedé quieta, mirándola.

Iba envuelta en una capa negra, demasiado ancha y con el dibujo de una araña en la espalda. Llevaba el pelo corto con mechas moradas, y unos enormes pendientes con la forma de la misma araña de la capa.

De repente, un escalofrío me recorrió de los pies a la cabeza al oír un extraño murmullo. ¿De dónde vendría? ¡Si solo estábamos nosotras dos! Me acerqué algo más a ella. ¿Estaría hablando por un teléfono móvil? Yo solo podía verla por detrás. Aquella mujer no movía ni un músculo. Avancé otro poco. Y un poco más. El olor a miel crecía y me hacía cosquillas en la nariz. El murmullo también crecía.

Aunque soy detective, reconozco que empezaron a temblarme las piernas. Sin embargo, llené los pulmones de aire para tranquilizarme y me puse a su lado.

B

Antes de que pudiera comprobar si estaba hablando por un móvil, notó que yo estaba allí, y rápidamente metió una mano bajo la capa y me miró sonriendo.

—Buenas tardes –saludé.

—Hola, niña.

La observé con descaro. Era solo un poco más joven que mi madre, y con los mismos ojos verdes. También ella me examinaba.

—Te llamas Bárbara –aseguró justo en el momento en que llegaba el ascensor–. Y eres detective, ¿a que sí?

Me quedé con la boca abierta. No conseguí pronunciar ni una palabra, y la mujer continuó mientras señalaba el ascensor:

—Pasa tú primero, Bárbara.

—¿Cómo sabe todo eso de mí?

—¿Que te llamas Bárbara y que eres detective? ¡Bah! Tengo mis trucos –contestó con media sonrisa–. Yo me llamo Ariadna, y seré tu vecina durante unos días. He alquilado el ático... ¿A qué piso vas?

—¿Eso no lo puede adivinar? –pregunté también con una sonrisa.

Ella se echó a reír escandalosamente:

—¡JA, JA, JA...! No, eso no. Ya ves, no lo sé todo.

—Voy al tercero –respondí mientras pulsaba el botón–. No sabía que se alquilase el ático.

—Pues, sí, sí. Necesitaba un piso grande solo para unos días, y los dueños me lo han alquilado. Son muy amables...

Tuve la sensación de que Ariadna iba a decir algo más, pero se calló. ¿Por qué lo había alquilado para tan poco tiempo? ¿Dónde iría después? Durante todo el trayecto en el ascensor la miré en silencio, y me fijé sobre todo en su mano derecha, que había sacado fuera de la capa: llevaba un gran anillo con la figura de una araña. Quise preguntarle por qué llevaba arañas en la capa, en los pendientes y en el anillo, pero en ese momento llegamos al tercer piso.

—Adiós, Bárbara. Espero que investigues bien.

—Gracias –respondí como una boba–. Hasta luego.

Cuando salí del ascensor y la puerta se cerró detrás de mí, volví a oír de nuevo el murmullo, pero más fuerte. Y poco después distinguí una risa escandalosa...

No creo en brujas, ni mucho menos, pero aquella mujer casi me hace cambiar de opinión.

Al entrar en casa, dejé la mochila en el recibidor, junto al mueble zapatero. Mi madre, que llevaba las cortinas de mi habitación a la lavadora, debió de notarme pálida y me preguntó:

—¿Te pasa algo, Bárbara?

No quería que se asustase, pero... ¿por qué ocultárselo? Así que, mientras cogía un trozo de pan y una onza de chocolate negro, le conté que la nueva vecina del ático me había parecido muy rara y que había adivinado mi nombre.

—¿Tu nombre?

—Sí –respondí masticando con fuerza, porque ese chocolate estaba muy duro–. Todavía no le había dicho cómo me llamaba, ¡Y ELLA LO SABÍA!

Mi madre arrugó la frente y se quedó pensativa unos instantes.

—A lo mejor es bruja... –dijo, y soltó una carcajada.

Casi se me atragantó el chocolate. Tuve que beberme un vaso de leche para no asfixiarme. ¿Por qué usó mi madre esa palabra? ¡Ella siempre me había dicho que las brujas no existen!

Después de merendar, me fui a mi habitación y abrí la ventana para llamar a *Pingüina*.

Pingüina es una urraca amiga mía que algunas veces me ha ayudado a resolver misterios. No sé exactamente en qué parte del tejado del edificio vive, pero cuando la necesito y la llamo con un silbido muy fuerte, siempre viene dispuesta a ayudarme.

La conocí cuando un ladrón que la había adiestrado empezó a utilizarla para robar en las casas; ¡incluso se llevó una cámara de fotos que dejé sobre mi cama! A pesar de eso, logré que fuera mi amiga y ayudante. De hecho, juntas conseguimos que la policía detuviera al ladrón.

Desde entonces, a menudo picotea el cristal de mi habitación para que la deje entrar y le dé chocolate, o simplemente para que la acaricie. A ella le encanta y a mí también, porque tiene un plumaje muy suave. Nos entendemos bien, aunque ella solo sepa repetir algunas palabras. Le puse el nombre de *Pingüina* porque, con sus colores blancos y negros tan fuertes, parece un pingüino volador.

—¡FFFSSS! –silbé.

Esperé un poco, y no vino. Me extrañó, porque suele presentarse al poco de silbar. Lo intenté de nuevo.

—¡FFFFFFFSSSSSSSS!

Tampoco respondió a mi llamada. A lo mejor es que estaba algo lejos, y no me había oído.

Nunca me falló al tercer silbido, así que llené los pulmones y...

—¡FFFFFFFFFFFFFFFFFFFSSSSSSSSSSSSSS!

Me quedé con los brazos cruzados sobre el alféizar de la ventana. Nada. Esperé unos minutos. Nada. ¡Era muy raro!

Al final, decidí ir a casa de Tomás, mi mejor amigo del cole, que vive en la calle Cobos de Segovia, muy cerca de la mía. Me había dicho que quería enseñarme el gato que acababan de regalarle por su cumpleaños.

Antes de que me marchara, mi madre intentó arreglar la broma que me había hecho sobre la bruja. Me repitió varias veces que las brujas no existen, que no debía dejarme llevar tanto por la imaginación, que una cosa es la verdad y otra la fantasía.

¡Bah! Todo eso ya lo sabía. Lo que pasa es que, a veces, me gusta imaginarme historias divertidas y fantásticas, porque luego la realidad siempre es mucho más aburrida...

2

Dasky

BAJÉ las escaleras corriendo, y en el portal me encontré con dos hombres vestidos con monos azules, que esperaban el ascensor. Habían dejado un montón de cajas de distintos tamaños en el suelo.

—¡Qué jefa tan extraña! –exclamó el más joven, poniendo un pie sobre una de las cajas–. ¿A quién se le ocurre ponerse el pelo morado? ¡Ufffsss! Y anda que no está dejando raro el ático, con esas luces verdes.

—Sí, es verdad –contestó su compañero–. Además, ¿para qué necesita tantas cajas?

—Ni idea. Con diez hubiera sobrado, ¿no?

—Pues hay unas cuantas más en la furgoneta.

Los dos resoplaron al pensar en todo el trabajo que les quedaba por hacer. A continuación, el más joven se inclinó ante una caja y movió la nariz, poniendo cara de asco.

—Oye, ¿te has dado cuenta de lo mal que huele?

Su compañero también se agachó para olerla.

—¡Puaffffff! –exclamó, tapándose la nariz con dos dedos–. Aquí dentro no hay colonia precisamente... ¡Apesta!

En ese momento llegó el ascensor, y metieron las cajas. Cuando cerraron la puerta y subieron, me dije que tenía que investigar aquel misterioso caso, aunque por ahora no pudiera contar con *Pingüina*. A lo mejor mi amigo Tomás me echaba una mano, así que me fui corriendo a buscarle.

Justo cuando iba a llamar al telefonillo de su casa, Tomás salió del portal con un gato en los brazos. Era blanco, casi recién nacido, y maullaba con desesperación. Cerraba los ojos y los volvía a abrir poco después, soltando un gemido muy bajito y triste.

—Hola, Bárbara –saludó Tomás, y me acercó el gato–. Te presento a *Dasky*.

—¿Tiene hambre? –pregunté mientras lo acariciaba.

—¿Hambre? ¡Qué va! Lleva todo el día quejándose, pero ha tomado leche hasta reventar.

—¿Le dolerá algo?

—No creo. A lo mejor está triste y ahora en la calle se le pasa. ¿Lo llevamos al parque?

—Vale, pero antes debo investigar un caso. Si quieres, puedes venir conmigo –respondí.

En cuanto le conté lo de mi nueva vecina, Tomás me preguntó por *Pingüina*. Él sabía que mi amiga urraca me había ayudado otras veces.

—No sé dónde está. La he llamado tres veces seguidas con el silbido de siempre y no ha aparecido.

—¡Qué raro!

—Sí –respondí, mirándole de reojo por si se ofrecía a colaborar. Un ayudante siempre viene bien, aunque solo sea para tener menos miedo a la hora de vigilar al sospechoso.

—Yo te ayudaré, pero... jo, a lo mejor descubrimos que es una bruja o algo así.

—¡Bah! Las brujas solo existen en los cuentos –repliqué muy seria, aunque la verdad es que ya dudaba–. Pero esa mujer oculta algo misterioso, eso seguro.

—Bueno, vamos a ver qué descubrimos... Oye, ¿no habrá peligro?

—¡No seas cobardica! Empezaremos por escuchar detrás de su puerta. Seguro que nos enteramos de algo, ya lo verás.

Con el gato sin parar de maullar, llegamos a mi portal. El ascensor tardaba mucho en bajar, así que subimos por las escaleras hasta el ático sin decir ni una palabra; solo se oían las quejas de *Dasky*.

La puerta estaba entreabierta, y de la casa salía una luz verde. ¿Para qué habría puesto bombillas de ese color?

Y ahora ¿qué podíamos hacer? ¿Escuchar detrás de la puerta? No, no, mala idea, porque tarde o temprano Ariadna saldría y nos descubriría.

Pensamos en llamar al timbre y, con alguna excusa, pedir permiso para entrar. Pero ¿qué excusa?

De repente, los dos hombres de los monos azules salieron hablando entre sí, en voz tan baja que no entendimos nada. No cerraron la puerta del todo, a lo mejor porque todavía tenían que subir más cajas de la furgoneta. Creo que nos dijeron «hola», pero no estoy segura, porque apenas nos miraron. Sin dejar de cuchichear, llamaron al ascensor.

Tomás y yo empezamos a silbar como dos tontos, para disimular, hasta que llegó el ascensor y los hombres bajaron. *Dasky* cada vez maullaba más. Era increíble cómo un gato tan pequeño tenía fuerza para quejarse tanto. Empezó a lloriquear. ¡Pobrecillo!

—¿Qué pasa ahí? –preguntó una voz desde el interior de la casa, y a continuación sentimos unos pasos que se acercaban.

Tomás apretó a *Dasky* contra su pecho. Noté que el corazón me latía con tanta fuerza que hasta me dolía: ¡PON-PON, PON-PON, PON-PON, PON-PON!

En ese momento, la puerta se abrió por completo, y Ariadna apareció envuelta en una luz verde. Me llegó de nuevo aquel olor a miel.

Al vernos, sonrió y se pasó la lengua por los labios. Seguía envuelta en la capa. ¿La necesitaba incluso dentro de casa? ¿Tanto frío tenía?

—Hola, niños. ¿Qué hacéis aquí?

Me puse colorada. ¡No se me ocurría qué contestar!

Ella abrió exageradamente los ojos y levantó la barbilla:

—Bárbara, ¿estás investigando algún caso?

Antes de que pudiera inventarme algo, se acercó a *Dasky* y lo acarició, mientras le susurraba unas palabras que no entendí. El gato se puso más nervioso todavía, maulló muy rabioso y se le cayeron unas lágrimas.

—¿Me lo dejas un momento? –preguntó a Tomás.

Pero Tomás solo logró responder:

—Tttttttttttttttt...

Mientras mi amigo tartamudeaba, Ariadna cogió a *Dasky* con la mano derecha. Volví a ver el anillo con la figura de una araña. Luego se metió dentro de su casa con el gato, aunque no llegó a cerrar del todo la puerta.

—¿Qué hará con él? –me preguntó Tomás, sin quitar los ojos de la luz verde que salía de la casa.

A veces mi amigo hace ese tipo de preguntas. ¡Como si yo fuera una adivina o algo así!

Sin habernos puesto de acuerdo, nos cruzamos de brazos al mismo tiempo, frente a la puerta entreabierta. Queríamos entrar, pero... ¡jo, no nos había invitado!

A lo lejos se oía al gato:

—¡MIAUUUUU, MIAUUUUU, MIAUUUUU!

Parecía que estaba sufriendo. De cuando en cuando se oía un murmullo muy suave y dulce entre los maullidos de *Dasky*. Tomás cerró los puños y los ojos:

—Bárbara, no le estará haciendo daño, ¿verdad?

—No creo –respondí, aunque tampoco me fiaba mucho de aquella mujer.

Al poco rato dejamos de escuchar las quejas de *Dasky*. Se hizo un silencio preocupante. Ya íbamos a entrar en la casa, cuando Ariadna salió con el gato. Lo llevaba sobre la mano derecha, como si fuera una bandeja de pasteles. *Dasky,* con los ojos cerrados, ronroneaba.

—Cuando despierte, tu gato estará curado del todo –dijo Ariadna a Tomás, y se lo devolvió.

—¡BIEEEEEEEEEEEN! –exclamó Tomás, besando a *Dasky* en el cogote–. ¿Qué le pasaba?

Ariadna parpadeó:

—Nada, nada importante.

Hasta entonces no me había fijado en lo grandes que eran aquellos ojos verdes. Sin dejar de mirarlos, pregunté:

—¿Cómo lo ha curado?

—¡Bah! Solo son trucos –respondió con una sonrisa, y se llevó su anillo a los labios–. Bueno, niños, os dejo. Tengo mucho trabajo dentro, antes de que estalle la tormenta. Adiós, adiós.

Se dio la vuelta y se metió en casa. ¿Cómo sabía que venía una tormenta?

En ningún momento del día nos pareció que fuera a llover.

Aquel viernes había lucido el sol durante toda la mañana, y se había nublado por la tarde solo unos minutos.

Como Ariadna dejó otra vez la puerta entornada, dudamos si entrar tras ella. Incluso agarré el pomo con fuerza. ¡Me moría de ganas por saber qué misterio se escondía en ese ático!

Pero entonces estalló un trueno, que retumbó en nuestros oídos. Y luego otro, y otro. Tragué saliva. Otro trueno más.

Tomás me agarró del hombro:

—Bárbara, vámonos.

Solté el pomo de la puerta y bajamos a mi casa corriendo por las escaleras mientras Tomás repetía:

—Es una bruja, es una bruja, es una bruja...

3

Truenos y relámpagos

AQUELLA noche llovió muchísimo. El viento silbaba y se estrellaba contra los cristales de la ventana del comedor mientras mi madre y yo cenábamos la sopa más salada que le había salido nunca.

Mi madre me hablaba de lo tonto que es tener miedo a las tormentas, que si solo se asustan los niños pequeños, que si es un fenómeno normal de la naturaleza, que si tal, que si cual... No sé por qué me lo decía, la verdad. A lo mejor es que yo, de pequeña, lo pasaba mal en noches así. No sé, no lo recuerdo.

Tampoco me acuerdo casi de la cara de mi padre, aunque la conozco porque he visto sus fotos. Seguramente, él tampoco tendría miedo de nada.

Estuve a punto de decirle a mi madre que cómo me iba a asustar yo, si era detective, pero cuando ella se pone a hablar..., ¡bufff, no hay manera de pararla!

Nada más tomarnos unas manzanas muy duras y ácidas, que a mi madre le encantan, hubo un apagón por culpa de la tormenta. Nos quedamos a oscuras, y entonces me preguntó:

—Bárbara, ¿no irás a tener miedo esta noche?

—¿Miedo? ¿De qué?

—De la tormenta. ¿De qué va a ser?

—¡Qué va!

Como la luz no volvía, abrimos la ventana que daba al patio interior de la casa y estuvimos mirando en silencio.

¡Cómo llovía! Igual que en el diluvio que vi en una peli sobre el arca de Noé. Algunas gotas nos salpicaron la cara.

A mi madre y a mí nos encanta ver cómo cae el agua en la zona de jardín, en el extremo del patio. También nos gusta observar cómo se forma y crece un gran charco en el centro.

Enseguida se convierte casi en una laguna, que tarda mucho en secarse. Cada vez que llueve, nos quedamos un buen rato embobadas, mirando muy atentas cómo ese charco crece y crece.

Estallaron varios truenos enormes y mi madre me agarró la mano. Después de cada nuevo estruendo, ella me miraba de reojo. Todavía no sé por qué no le dije: «Mamá, entérate, ¡las detectives no podemos tener miedo!».

Luego, entre trueno y trueno, oímos un ruido enorme y extraño que subía del patio. Mi madre me apretó la mano hasta hacerme daño, y pensé que quien realmente tenía miedo era ella. Algo se había partido o había caído al suelo con mucha fuerza. Desde la ventana no distinguimos nada extraño, solo el resplandor de los relámpagos, uno tras otro.

Casi sin darme cuenta, empecé a imaginar que el charco se convertía en un lago. En el fondo buceaba Ariadna, e iba de una punta a otra, hasta que se detenía ante un alga naranja. Se ponía muy contenta y la cogía, seguramente para preparar alguna pócima mágica con ella.

Un trueno me sacó de mis pensamientos. Bueno, de todas formas, mi olfato de detective me dijo que, aunque la realidad solía ser más aburrida que los sueños, aquella noche iba a ser especial.

La luz no volvía y tuvimos que encender una vela para recoger la mesa. Nuestras sombras en el comedor y en la cocina parecían fantasmas y, la verdad, creo que a mi madre le asustaban un poco.

Antes de meterme en la cama, quise bajar al patio por si descubría qué había producido el ruido tan extraño que habíamos oído.

—Mamá, voy a bajar la basura.

—¿Ahora? No te preocupes, Bárbara. Ya la bajaré yo luego, cuando vuelva la luz.

—¡Bah! No hace falta luz para dejar la basura en el contenedor –dije mientras agarraba la bolsa con decisión.

Al dirigirme al portal, un relámpago iluminó el patio y lo convirtió en un paisaje fantástico durante unos segundos. Las plantas del jardín del fondo, agitadas por el viento, se movían como si bailaran *rock and roll.* El charco, frente a ellas, iba creciendo.

Entonces me acordé de *Pingüina*. ¿Dónde estaría? ¿Por qué no había venido a mi ventana aquella tarde? ¿Dormiría en ese momento? Aunque la despertase, quería saber que estaba bien, así que tomé aire y...

—¡FFFFFFFFFFFSSSSSSSSSSSSS! –silbé.

No se presentó. Bueno. Era normal. Por la noche siempre está durmiendo. Ya la llamaría en cuanto me levantase al día siguiente. Jo, tenía ganas de verla... ¡y me podía ayudar tanto!

Dejé la bolsa en un contenedor y, al darme la vuelta, las bombillas del patio parpadearon y la luz regresó a las casas de mi bloque.

El agua del charco era ahora de un color verde claro... ¡igual que el de la iluminación en casa de Ariadna! A lo mejor, si me colocaba justo en medio del patio y miraba hacia arriba, podía ver el ático todo envuelto en ese resplandor. ¡Qué curioso sería!

Lo malo era que, si me ponía justo en mitad del charco, se me calarían las zapatillas y los bajos del pantalón, y mi madre me armaría una buena. A no ser que...

A no ser que me subiese el pantalón lo suficiente y, nada más entrar en casa, me cambiase de calzado sin que mi madre se diera cuenta. Luego podría llevarme las zapatillas y los calcetines mojados al tendedero.

Eso fue lo que pensé, y eso fue lo que hice.

4

Huellas en los cristales

ME remangué los pantalones y entré en el charco.

¡Ufffff, el agua estaba helada! Sentí que los dedos de los pies se me congelaban. Cada vez llovía con más fuerza y yo tenía un jersey muy fino, demasiado fino.

Fui hasta el centro del charco. Entonces levanté los ojos hacia el ático. Tenía las persianas subidas, pero las habitaciones estaban a oscuras. Solo en la terraza había una luz verde clara, y allí creí ver la sombra de Ariadna en una esquina, junto a un armario muy alto. Ella también se estaría empapando con la lluvia, pero no parecía importarle. ¿Qué estaría haciendo?

Se apoyó en la barandilla de la terraza, y creo que miró hacia abajo. Casi seguro que me reconoció. Entonces escuché un grito que venía de arriba:

—¡VEN CONMIGO!

No estaba segura de que fuera la voz de Ariadna, pero ¿de quién, si no? Salí del charco corriendo, mientras aquel mensaje se repetía:

—¡¡VEN CONMIGO!!

Subí las escaleras lo más rápido que pude. Como llevaba las zapatillas empapadas, me resbalé una vez, pero no me hice daño. Me levanté y seguí subiendo, mientras dentro de mi cabeza resonaban aquellas palabras: «VEN CONMIGO, VEN CONMIGO, VEN CONMIGO...».

Al abrir la puerta de casa, me descalcé enseguida, me puse unas zapatillas viejas y llevé las mojadas, con los calcetines dentro, al tendedero. Allí dejé también el jersey. Mi madre, que estaba ordenando la nevera, no se dio cuenta de nada. Yo esperaba que, para el día siguiente, todo estuviese seco. Me sequé la cara con un paño de cocina y le di a mi madre un beso en el cogote:

—Me voy a la cama, mamá.

—Vale, hasta mañana... –dijo, sin sacar la cabeza de la nevera–. Yo tampoco tardaré mucho. Ya estoy terminando de colocar esto.

Sentí frío al meterme en la cama, aunque tenía una manta muy gruesa. Por un momento pensé que me había dejado la ventana abierta, pero no. Vi que estaba perfectamente cerrada. De lo que me había olvidado era de bajar la persiana. ¡Bah! Ya no me iba a levantar para eso. Tampoco me importaba tanto que entrase la luz. Lo único que, de vez en cuando, el resplandor de un relámpago iluminaría mi habitación.

¡Qué sueño! Bostecé varias veces, pero los ojos no se me querían cerrar. Y es que no dejaba de pensar en todo lo que me había pasado ese día, sobre todo, en la impresión que me había producido Ariadna. ¿Se llamaría así de verdad? ¿Cómo habría curado a *Dasky?* Dijo que con trucos, pero ¿qué clase de trucos? ¿Qué estaría haciendo ella ahora, mientras yo estaba en mi cama? ¿Dormir? No lo creo. No, seguro que no.

Cerré los ojos y me la imaginé pronunciando un hechizo mágico ante un espejo, rodeada de otras brujas, bajo una luz verde.

—¡Bah, qué tonterías! Las brujas no existen... –me dije en voz alta.

¡Qué mujer tan extraña era Ariadna! Y no solo lo pensábamos Tomás y yo, sino también aquellos dos hombres que le habían subido las cajas y que la llamaron «jefa». Por cierto, ¿qué habría en esas cajas? Durante unos segundos, aun con los ojos cerrados, vi que las cajas se abrían y de ellas salían arañas, cientos de arañas... que invadían el ático.

Otro relámpago. Y poco después un trueno. ¡Así no había forma de dormir! Metí la cabeza bajo la almohada un momento. Cuando la saqué para respirar, abrí los ojos y noté algo raro en la ventana. Me incorporé y, efectivamente, ¡había una sombra! ¿Sería un reflejo de las cortinas? Imposible: mi madre las había quitado esa misma tarde para lavarlas, y todavía estaban secándose en el tendedero. ¡No había cortinas!

Me froté los ojos y volví a mirar. Sí, sí. Se trataba de una sombra con ojos que, a su vez, me miraba. ¿Sería *Pingüina?* El corazón me latía en la garganta. Salté de la cama y me acerqué, pero la sombra desapareció al mismo tiempo que estallaba un trueno gigante.

Abrí la ventana y un golpe de viento y lluvia me dejó tiritando. Las luces del patio eran muy poco intensas, y no descubrí nada extraño. El charco seguía creciendo y las plantas del fondo, con el ruido del aire, ahora parecían cantar.

—*¿Pingüina?* ¿Eres tú?

Nada. Solo el viento soplando en el patio. No podía haber sido *Pingüina,* porque hubiese venido al reconocer mi voz. Pero... ¿quién podía espiarme desde la ventana de un tercer piso?

Al cerrarla, observé que había una huella en el cristal. Encendí la luz de la mesilla, saqué mi lupa del cajón y miré atentamente. Sí. Era una huella muy extraña. Tenía toda la pinta de ser de una mano no muy grande, pero bastante ancha. La cabeza me empezó a dar vueltas, y el estómago a subir y bajar.

Salí al pasillo para tranquilizarme. A lo mejor exageraba, y con la tormenta y lo ocurrido con Ariadna, mi imaginación estaba loca... Seguro que todo tendría una explicación sencilla, lógica y aburrida.

Bebí agua en el lavabo y continué por el pasillo hasta llegar al comedor.

Mi madre, sentada en el sofá, miraba hacia la ventana. Tenía la boca abierta, la frente arrugada y estaba muy pálida.

—¿Te pasa algo, mamá? –pregunté mientras me sentaba a su lado.

—No, Bárbara, no –respondió rápidamente–. Vete a la cama. ¿Por qué te has levantado?

La verdad es que nunca había encontrado tan paliducha a mi madre. Le puse la mano en la frente por si tenía fiebre.

—¡Estás blanca!

—No pasa nada, Bárbara –replicó ella–. Una tontería.

—¿Qué te pasa? –insistí.

—Te digo que nada. Los relámpagos han formado una imagen muy extraña en la ventana y... y me ha sorprendido.

—¿Cómo era esa imagen?

—Pues... no lo sé... como una persona... ¡Bah, qué tontería!

Me acerqué al cristal y me di cuenta de que también allí había quedado la huella de una mano... o de lo que fuera. Abrí la ventana y miré hacia abajo, hacia la izquierda, hacia la derecha, hacia arriba... Nada. Mientras, la tormenta continuaba furiosa.

—Bueno, Bárbara, vámonos a la cama –dijo mi madre–. No nos preocupemos por bobadas.

Cerré la ventana y me fijé bien en la huella. Era muy parecida a la de mi habitación.

—Mamá, ¿has visto esta mancha en el cristal?

Mi madre se acercó y la miró, aunque sin prestar mucha atención. La noté preocupada, pero enseguida intentó sonreír y me dio unas palmaditas en la espalda.

—¡Bah! –exclamó–. No es nada, déjalo. La habré dejado yo misma al apoyarme.

Eso era imposible, ya que la huella se había marcado por el exterior del cristal. Pero me callé. Aquello debía ser investigado por una detective, y no por una madre.

Le di dos besos y me dirigí a mi habitación.

Tenía que dormir, para investigar al día siguiente bien despierta.

Sin volver a fijarme en la huella de la ventana, bajé la persiana del todo y me acosté. Durante un buen rato todavía estuve escuchando el viento y, de vez en cuando, algún trueno, pero al final me quedé dormida.

5

Chocolate con churros para desayunar

CUANDO me desperté, di una patada a la manta y salté de la cama. ¡Era sábado!

Al levantar la persiana vi que lucía un sol gigante. El charco del centro del patio se había hecho más pequeño. La huella en la ventana casi había desaparecido, pero aun así seguía pareciendo una mano pequeña y ancha. Aunque, claro, eso no podía ser... Era sencillamente imposible.

La mejor manera de empezar el día sería encontrarme con mi amiga *Pingüina*. Saqué la cabeza por la ventana y...

—¡FFFFFFFFFFFFFSSSSSSSSSSSS! –silbé.

En el fondo, temía lo que ocurrió: no vino. Fueron varios los silbidos y varios los minutos de espera.

Bueno. Seguro que había alguna razón lógica para explicarlo. A lo mejor se había ido de excursión unos días a la Casa de Campo. ¡Ojalá fuera así! Sin embargo, no pude evitar que por mi imaginación pasara el siguiente pensamiento: *Pingüina* había caído dentro de una olla gigante, en la que Ariadna daba vueltas con un palo y, de vez en cuando, echaba un poco de miel que tenía en un frasco. La pobre *Pingüina* sacaba la cabeza y graznaba, mientras Ariadna se reía como una loca.

En el comedor encontré a mi madre limpiando el cristal de la ventana con un trapo. No había dejado ni rastro de la marca. Me dio rabia porque me hubiera gustado verla a la luz del día. ¿Por qué la habría quitado? ¿Acaso le daba miedo?

—Mamá, ¿crees que era una mano?

—Buenos días, Bárbara –dijo ella–. ¿A qué te refieres?

—A lo que has borrado de la ventana. Se parecía a una mano, ¿verdad? En mi habitación hay otra.

Mi madre arrugó la frente.

—¡Ay, hija! ¡Qué fantasías tienes! –exclamó, volviéndose otra vez hacia la ventana–. Ve a la cocina, anda. Tienes churros para desayunar, y el chocolate estará todavía caliente.

Al oír eso, ya no pude pensar en otra cosa. La boca se me hizo agua y salí corriendo hacia la cocina. Allí estaba el chocolate, humeando en una cacerola, y un plato lleno de churros, con alguna porra.

Mientras desayunaba, sospeché que mi madre estaría limpiando el cristal de mi habitación. ¡Bah! No me importó demasiado. Yo sabía que algo extraño había ocurrido la noche anterior. Seguramente, si seguía de cerca a Ariadna, tarde o temprano descubriría su misterio. Aunque fuera una bruja. Lo malo sería que ella no se moviera de su casa. En ese caso... se me tendría que ocurrir algún truco para hacerla salir. O yo misma tendría que entrar de alguna manera. Ya idearía algo. Seguro.

Mientras pensaba en todo esto, me comí un montón de churros. A lo mejor demasiados, porque creo que me empaché. La verdad es que me pasa con frecuencia, y mi madre dice que a mi padre le pasaba lo mismo.

Él y yo debíamos de ser muy parecidos. ¿Le gustaría investigar también? Estoy casi segura de que sí, pero no se lo pregunté a mi madre. ¿Para qué? Se pondría triste al recordar.

Cuando estaba terminándome el chocolate, mi madre se acercó con el trapo en la mano.

—No he visto nada raro en tu ventana.

—¿No? –pregunté, completamente segura de que había borrado la huella.

—Bueno, una mancha de barro. Sería por la tormenta de anoche.

—Claro, claro –respondí.

—No paró de llover en toda la noche. Esta mañana, cuando he bajado a comprar los churros, me he encontrado a don Sebastián, el vecino del 2.° C. Dice que esta noche han pasado cosas con la tormenta...

—¿Cosas?

—Sí. Ha escuchado ruidos raros, y le han desaparecido las dos máscaras que trajo de África.

—¿Esas tan feas que tenía colgadas en la terraza?

—Esas. Con la tormenta se le habrán volado. Bueno, él dice que a lo mejor se las han robado.

—¿Y quién iba a quererlas?

—Nadie. ¡Pero si parecían unos platos con ojos! –exclamó mi madre, y salió de la cocina riéndose.

Tenía razón: eran unas máscaras redondas y blancas que se pondrían los hechiceros de algunas tribus para dar miedo con ellas.

Aun sin *Pingüina,* debía buscar pistas de lo que había pasado esa noche. Podía haber huellas por el patio, así que me acabé el chocolate de un trago, ¡y eso que seguía caliente!

Tardé muy poco en vestirme y en ponerme las zapatillas que había dejado en el tendedero. No estaban secas del todo, pero ¿qué le iba a hacer? Me despedí de mi madre y bajé las escaleras agarrándome a la barandilla, porque con las zapatillas húmedas me resbalaba.

Antes de llegar al portal, oí a dos vecinos que hablaban sobre la tormenta. Uno era una mujer que casi gritaba. Me senté en la escalera a escuchar. Reconocí la voz de Rosa, la del 1.º B, pero no la del otro vecino.

—Fue terrible, ¡terrible! –decía Rosa–. Con aquellos truenos no pegué ojo en toda la noche.

—Yo tampoco. Pero eso es lo de menos –aseguró el otro–. Lo importante es que hubo algún ladrón. A mí me robaron una ristra de ajos que tenía en la terraza.

—Bueno, a lo mejor se te voló... –insinuó Rosa.

—¡Pufff, imposible! La ristra estaba muy bien sujeta a la pared de la terraza, con una escarpia tan grande como mi puño. ¡No se hubiera volado ni con cien huracanes!

—No sé, no sé... También don Sebastián dice que le han robado de la terraza esas máscaras tan feas. Pero ¿quién iba a querer eso? ¡Si eran horribles! Parecían como... no sé... como...

En voz tan baja que solo yo me escuché, acabé su frase:

—¡... platos con ojos!

No pude oír lo que dijo Rosa, pero el otro vecino soltó una carcajada, y ella también.

Creo que luego cogieron el ascensor, porque ya no les oí más.

Entonces me levanté y miré por el ventanuco de la escalera, que daba a una esquina del patio. Me pareció que algo se movía entre las adelfas del fondo...

Sí. Observé con más atención, pero no logré averiguar de qué se trataba. ¿Un perro? Imposible, pero si... ¡si llevaba pantalones vaqueros!

Bajé los escalones de tres en tres. Llegué al portal y salí corriendo al patio. No quería perder la pista de aquello. Para llegar a mi objetivo tenía que bordear el charco, cosa que hice a grandes zancadas. No veía nada entre las adelfas y los otros arbustos, que estaban muy altos, pero en cuanto avancé unos pasos, sentí el ruido de unos palos al romperse y luego oí:

—¡Ay!

Al instante, entre dos adelfas de flores blancas, descubrí a una persona a cuatro patas. Iba en vaqueros y con un jersey azul muy amplio. Se chupó la palma de la mano y escupió.

Antes de que se levantara, supe quién era. Reconocí su pelo con mechas moradas.

—¡Ariadna!

Se levantó de un salto. Luego me miró con una sonrisa, y se llevó el dedo índice a los labios.

—Ssssssssssss..., habla bajito, que no se enteren los vecinos...

—¿Qué pasa?

—Me había clavado una espina, pero creo que ya me la he sacado... ¿Me ayudas a buscar?

—¿Qué se le ha perdido?

—Creo que se me ha volado de la terraza...

—¿El qué?

—... una bolsa blanca. Es diminuta, y ha podido engancharse entre las hojas de cualquier planta.

—¿Y qué tiene dentro?

—¡Ah! Nada, nada importante...

Por supuesto, no la creí. Me asombraba lo sencilla y normal que estaba ahora, a cuatro

patas y con vaqueros y jersey. Incluso sus pendientes y su anillo con aquella araña no me parecieron tan misteriosos.

Estuvimos un buen rato en silencio. Los churros me repetían, y el estómago me daba vueltas. Además, sentía cada vez más frío en los pies. Como dentro de la bolsa hubiera algo asqueroso, vomitaría, eso seguro.

Entonces me imaginé que era yo quien encontraba la bolsa y, al abrirla, salían unas orugas asquerosas llenas de babas. Cientos de orugas verdes... Estuve a punto de devolver todo el chocolate y los churros.

Ariadna se alejó gateando muy deprisa y la perdí de vista entre las plantas. De pronto me pareció ver una figura larga, de colores vivos, que se arrastraba con dificultad por el suelo. ¿Una serpiente?

La verdad es que me asusté un poco, así que cogí una piedra del suelo antes de acercarme. Tampoco me di mucha prisa..., y cuando llegué, ya había desaparecido. ¿Qué pudo haber sido? Lo de la serpiente era rarísimo, a no ser que Ariadna fuese una bruja y la utilizara para sus hechizos y encantamientos...

¡Bah! ¡Qué tontería! Eso era simplemente imposible, imposible del todo.

Pasó un buen rato hasta que volví a ver a Ariadna.

Se había puesto de pie y venía hacia mí, con su jersey entre las manos, hecho una bola. Tuve la sensación de que, envuelto en el jersey, escondía algo. Pero... ¿qué?

—¿Ha encontrado la bolsa? –le pregunté.

—No, aunque no tiene importancia. A lo mejor se ha volado más lejos de lo que pensaba y no está por aquí. Gracias de todas formas.

Apretó con más fuerza el jersey, me guiñó un ojo y dio media vuelta.

—¡Adiós! –tuve que gritarle, porque se alejaba muy deprisa–. Si veo algo, le avisaré.

—¡Vale, Bárbara, gracias! –me respondió también gritando.

Aún estuve un rato buscando entre unas adelfas muy altas, pero ya de pie porque me dolían las manos de tanto gatear.

Me moría de ganas por saber qué habría guardado en la bolsa.

Además, ¿por qué habíamos tenido que buscar a cuatro patas y en silencio, para que no se enteraran los vecinos? No se me ocurría la razón, pero hubiera sido genial que yo encontrara la bolsa, sin que Ariadna estuviese delante. A lo mejor así descubría cuál era su gran misterio...

No tuve suerte, y cada vez me dolía más la tripa.

Salí de la zona de las plantas y, bordeando el charco del patio, me coloqué bajo el ático.

Ariadna estaba apoyada en la barandilla de la terraza. Me saludó agitando una mano.

Le devolví el saludo, y levanté las manos abiertas para que comprobara que no había encontrado nada.

6

Pingüina entra en acción

—¿A quién saludas? –preguntó una voz justo detrás de mí.

Era Tomás, que se acercaba comiéndose un bollo de chocolate. Con lo delgaducho que es, no creí que pudiera comérselo entero.

—¿A quién saludas? –me repitió, acercándome el bollo a la boca para que mordiera un poco.

Aunque los churros seguían repitiéndome y el estómago me daba vueltas, aquel chocolate me decía con toda claridad: «CÓMEME».

—Saludo a Ariadna –respondí, y mordí con ganas.

—¡Ah! –exclamó Tomás, con cara de pena al ver todo lo que le había quitado, y se metió el resto del bollo en la boca.

—Estoy investigando –continué en cuanto me tragué el trozo.

—¿Ha pasado algo nuevo? –preguntó, mirando hacia el ático.

Yo quería que Tomás se interesara por el caso y me ayudase, así que me puse muy seria:

—Bueno, casi nada. Solo las huellas de unas manos en los cristales de mi casa, unos ruidos muy extraños por la noche, robos a los vecinos y... ¡ah!, una serpiente en el jardín. Ya ves, poca cosa.

Tomás me escuchaba con cara de creer que le estaba gastando una broma. Pero como yo seguía seria, me advirtió mientras levantaba un dedo:

—Ten cuidado. Ya te lo dije: Ariadna es una bruja. Curó a *Dasky* con alguna pócima mágica...

Me dio rabia volver a escuchar esa palabra. ¡Estaba harta! Si no averiguaba pronto la verdad, yo también terminaría creyendo en esas fantasías.

—Sabes que no me trago eso. Pero solo hay una forma de descubrir qué está pasando...

—¿Cuál?

—Preguntárselo –respondí, cogiéndole del brazo–. ¿Me acompañas?

Subimos hasta el ático discutiendo en voz baja sobre cómo empezar a hablar con Ariadna. Porque, claro, en primer lugar... ¿qué excusa íbamos a poner? ¿Que si tenía un poco de azúcar? ¡Qué tontería! ¿Que si nos dejaba entrar en su terraza, porque se nos había colado un globo? ¡Vaya idiotez!

Cuando vimos la puerta del ático frente a nosotros, seguíamos sin tener excusa.

—Oye, Bárbara, ¿y si le pedimos que nos enseñe algún truco de magia?

Antes de que pudiera decirle algo, Tomás se respondió él solo:

—No, no es buena idea. A lo mejor aprovecha la ocasión para convertirnos en cucarachas.

Pegué la oreja a la puerta, y Tomás hizo lo mismo. No oímos nada, pero un asqueroso olor fétido empezó a subir hasta nuestras narices. ¿Qué podría estar cocinando aquella mujer?

¿Sopa de murciélago? Imaginé un gran puchero en el que Ariadna iba echando murciélagos podridos, y sapos vivos, y culebras venenosas, y gusanos verdes, y hormigas rojas, y moscas gigantes... ¡AGGGGGGGG! De solo pensarlo me entraron arcadas y estuve a punto de vomitar. A mi amigo debía de ocurrirle lo mismo, porque estaba amarillo y se sujetaba la tripa con las manos.

De repente escuchamos un llanto muy bajito. Tomás y yo nos miramos y tragamos saliva al mismo tiempo. A continuación, dentro de la casa, se oyó un grito que duró varios segundos. ¿Por qué gritaría así Ariadna? Porque, claro, sería Ariadna, ¿no?

Despegamos la oreja de la puerta y retrocedimos unos pasos.

—Vámonos de aquí, ¿vale? –me susurró Tomás.

Como respuesta, oímos con total claridad otro grito que debió de escucharse en el vecindario entero:

—¡VEN CONMIGO!

Justo lo mismo que alguien me había gritado la noche anterior. Había sido desde el ático, ahora sí que no había duda. Seguramente la propia Ariadna, aunque ni esta vez ni la anterior reconocí la voz.

Tomás me agarró del brazo:

—¡Vámonos, vámonos!

Pero no me podía ir, aunque las piernas me temblaran. Al fin y al cabo, ¡soy detective! Me abalancé sobre el timbre y llamé.

Casi inmediatamente, la puerta se abrió y Ariadna apareció con cara de preocupación. Me pareció que la habíamos interrumpido en algo importante y urgente. Dijo un «hola» muy bajito y se quedó mirándonos. Creo que estaba deseando que nos marchásemos cuanto antes.

Antes de preguntarle directamente si era una bruja, se me tenía que ocurrir algún pretexto para empezar a hablar con ella. Valdría cualquier excusa, casi daba lo mismo.

¿Qué tal la de que había encontrado la bolsa, y que sabíamos lo que contenía?

No, no, porque ¿y si era una mentira de Ariadna y la bolsa no existía? Entonces también sabría que yo estaba mintiendo.

¿Y la excusa de que se nos había colado un globo en su terraza? No, no, esa tampoco. Era peligrosa, porque quizá solo nos dejara entrar, pero no salir...

Lo mejor sería hacer que entrara a la cocina y así tener unos segundos para echar un vistazo al interior de la casa. Solo si veíamos algo raro le preguntaríamos si era una bruja.

—¿Qué queréis? –preguntó mientras entrecerraba los ojos, extrañada de nuestro silencio.

—Buenos días... ¿Tiene azúcar? –dije al final, y me mordí los labios.

Ella sonrió, y sus ojos, ahora muy abiertos, empezaron a brillar. Creo que se dio cuenta de que aquello era una excusa, y muy tonta, por cierto. Hubiera sido mejor lo de la bolsa, aunque fuese una mentira.

—Claro, Bárbara –respondió con mucha tranquilidad.

Yo me disponía a seguirla hasta la cocina y perderme por el camino, e incluso di un paso delante, pero... ¡ella no se movió del sitio!

Ariadna extendió el brazo derecho con el puño cerrado y esperó a que Tomás y yo nos concentrásemos en su mano. Entonces fue abriéndola lentamente y aparecieron... ¡varios terrones de azúcar!

Me quedé con la boca abierta, y no pude pronunciar ni una palabra. Tampoco mover ni un músculo. Ella tuvo que insistir para que cogiera el azúcar:

—Vamos, ten... ¿No era lo que querías?

Fue Tomás, aunque temblando, el que cogió los terrones de su mano:

—Gracias, muchas gracias.

—De nada, niños. Pedidme lo que queráis; tengo de todo. Bueno, o de casi todo... ¡JA, JA, JA!

Nos guiñó un ojo y cerró la puerta.

—¿Lo ves? Es una bruja –me susurró Tomás al oído–. Ya te lo dije, ¡una bruja!

Durante unos segundos dudé, y volví a imaginarme a Ariadna preparando pócimas con serpientes venenosas y cucarachas voladoras mientras pronunciaba hechizos. Pero logré vencer el miedo. ¡Eso no podía ser! Había que descubrir lo que pasaba. Una detective, una auténtica detective, no cree en esas tonterías.

Bajamos al patio y nos sentamos en un banco. Yo pensaba en un plan definitivo, uno que descubriese la verdad. Tomás se movía inquieto en el asiento, muy pálido y callado. De repente se levantó de un salto porque vio algo y me preguntó:

—¿Por qué no llamas a *Pingüina* con un silbido?

—Ya la he llamado esta mañana –le respondí sin mirarle–. No sé qué le pasa. Se habrá ido unos días...

—A lo mejor si hago un truco de magia, viene –insistió, y me pareció que estaba conteniendo la risa.

—¡Qué tontería!

—Escucha, escucha –dijo Tomás, simulando que lanzaba polvos mágicos–: ¡JARAJETÍ, JARAJETÍ, JARAJETÍ... QUE APAREZCA DETRÁS DE TI!

El muy caradura sonrió y señaló algo a mi espalda. Me volví de mala gana y..., efectivamente, allí estaba posada *Pingüina,* que también parecía sonreír. Bueno, casi siempre parece que está riéndose.

—¡Amiga! –exclamé, dando un brinco–. ¡Qué alegría!

—¡CRAC, CRAC, CRAC! –graznó ella, y extendió las alas.

La acaricié un buen rato, hundiendo mis dedos en su plumaje blanco y negro, tan suave. A ella le encanta eso. Cerró los ojos y pensé que se quedaría dormida si yo continuaba. Así que me puse seria.

—¿Dónde has estado? –le pregunté–. Ya estaba preocupada por ti.

Se subió a mi hombro de un salto. Entonces noté que le faltaban algunas plumas de la cola, como si se hubiera enredado entre unas plantas o alguien se las hubiese arrancado. Comenzó a mover las alas y a balancear lo que le quedaba de cola. Parecía que bailaba. *Pingüina* suele hacer esas gracias cuando quiere animarme. Después de un rato así, volvió al respaldo del banco.

Le di un beso y la acaricié de nuevo:

—¡Qué pena que no puedas hablar!

La verdad es que, aunque *Pingüina* no habla como las personas, lo entiende casi todo. Tomás no quiere reconocerlo, pero sabe muy bien que es así. Por eso me ayudó a explicarle todo lo de Ariadna, igual que si se lo contásemos a una persona. *Pingüina* nos miraba con los ojos muy abiertos y asentía con la cabeza.

Al final, Tomás exclamó muy decepcionado:

—¡Bah, no se ha enterado de nada! Normal..., ¡si es solo una urraca!

—Ya sabes que *Pingüina* es mucho más que una simple urraca –repliqué yo–. Y te voy a demostrar que nos ha entendido y que nos va a ayudar.

Sin dejar de acariciarla, susurré a *Pingüina:*

—Escucha, amiga: tienes que colarte en el ático. ¡Por favor, tráenos alguna pista de lo que pasa allí dentro!

Nada más oír la palabra «dentro», movió la cabeza arriba y abajo, graznó, agitó las alas y echó a volar. Subió por encima de los edificios y planeó sobre nosotros un par de veces. Mientras, Tomás me repetía que *Pingüina* no se había enterado de nada, que solo era un animal, que yo estaba un poco loca...

Poco después, *Pingüina* se posó en la barandilla del ático.

Tomás se calló y empezó a dar saltos de alegría. Yo le guiñé un ojo y él exclamó:

—¡Lo ha entendido!

—¡Pues claro! Seguro que nos consigue una pista, pero hay que darle tiempo porque a lo mejor tarda en encontrar algo interesante.

—Entonces ¿qué hacemos?

—Pues...

Como se me había pasado el dolor de estómago y quizá ya era la hora de la comida, propuse:

—Nos vamos a comer a nuestras casas y quedamos aquí luego, ¿vale?

—Vale –aceptó mi amigo, creo que pensando en algún pastel, porque se relamió–. Cuando me termine el postre, vengo. Hasta luego.

—Hasta luego, Tomás.

Mi madre estuvo un poco nerviosa durante la comida. Le temblaban las manos, y hasta se le cayó la jarra de agua. Se hizo añicos diminutos, y aunque los recogimos, seguramente en los días siguientes seguirían apareciendo más y más.

Después de un rato en silencio, mi madre me preguntó si yo había oído algún ruido raro en el patio, algo como un llanto y un grito. Le respondí que sí, pero que no sabía qué podía ser.

—¿Y un olor como a estofado podrido? –añadió.

—Sí, un olor asqueroso –reconocí–. Creo que venía del ático.

—¿Del ático? ¡Qué raro!

—Sí. Ahora vive allí esa mujer de la que te hablé ayer. Se llama Ariadna.

Mi madre asintió y, al cabo de unos segundos, soltó:

—¡Qué nombre tan raro!

Pensé que la rara era la vecina, no el nombre. A mí, por lo menos, me gustaba.

En ese momento me imaginé a Ariadna convertida en una gigantesca araña con mechas moradas y una capa negra, trepando por las paredes de su casa. Era una tontería, pero divertida, y se me escapó una risita.

Aunque yo no creía en brujas, últimamente no hacía más que imaginármela haciendo magia, preparando pócimas, pronunciando encantamientos...

¡Bah! Cuando descubriese su misterio, me daría cuenta de que era una bobada.

Entonces pensé que a lo mejor, mientras yo estaba comiéndome el filete, *Pingüina* ya había encontrado una buena pista. Y mastiqué más deprisa.

7

El mapa de Ariadna

DESPUÉS de recoger la mesa, me fui a mi habitación. No hizo falta que llamara a *Pingüina*. Me esperaba en el alféizar de la ventana.

Antes de abrirle, ya noté que llevaba en el pico un papel de color amarillo. Di un salto de alegría tan grande que casi me di con la lámpara del techo: ¡*Pingüina* había conseguido una pista!

Mi amiga sabía que lo que había traído era algo importante, y se hizo de rogar. No lo soltó del pico hasta que la acaricié unas cuantas veces. Como recompensa, además, le dejé sobre el alféizar una onza del chocolate blanco que guardaba en mi armario.

Mis dedos cogieron el papel con fuerza. Se trataba de un plano dibujado a mano con rotulador azul, lleno de nombres de calles del barrio. Arriba, estaban escritas las siguientes palabras:

Sábado, a las 5 de la tarde.

¿A qué sábado se referiría? ¿A ese mismo día, que era sábado, al sábado próximo, al sábado pasado...? ¿Cuándo se habría escrito eso? ¿Y qué pasaría el sábado a las 5 de la tarde?

En medio del plano había una X roja sobre una zona pintada de verde con tres palabras en letra muy pequeña. No se podían leer bien. Además, la tinta se había corrido un poco. Quizá Ariadna había dejado aquel papel en la terraza y se había mojado.

Tuve que sacar mi lupa del cajón de la mesilla y así pude descifrar con bastante dificultad:

Parque de Atenas

¡Genial: ese parque estaba cerca de mi casa!

La X se encontraba justo frente a dos figuras que representaban unos columpios.

—¿El mapa es de Ariadna? –le pregunté a *Pingüina,* acariciándola de nuevo–. ¿Estás segura?

Ella dejó de picotear el chocolate blanco y movió la cabeza de arriba abajo, muy convencida.

Aparte del nombre del parque, el de algunas calles del barrio y la X, no aparecía nada más en el plano. Observé cada centímetro del papel con mi lupa: por arriba, por abajo, de izquierda a derecha...

No era seguro que fuera de Ariadna; ni siquiera sabía si aquella era su letra. A lo mejor *Pingüina* no lo había traído del ático, o quizá pertenecía a los dueños que se lo alquilaron a Ariadna y no tenía ningún valor ni ningún misterio.

Lo olí como un perro policía y... reconocí un suave aroma... ¡a miel! Suficiente para recordar el perfume de Ariadna. Sí, sí, era suyo, sin duda.

Pero ¿qué señalaría aquella **X**?

Entonces me imaginé a Ariadna junto al estanque del Parque de Atenas, en una noche de luna llena. Estaba enterrando un cofre repleto de rubíes y diamantes bajo un árbol mientras cantaba unas palabras mágicas muy divertidas y pegadizas...

Y habría seguido fantaseando si mi madre no hubiese entrado en mi cuarto. *Pingüina* echó a volar antes de que la descubriera comiendo chocolate sobre el alféizar de la ventana.

—Tomás ha llamado al telefonillo –dijo mi madre, mirando hacia la ventana con la frente arrugada, como si hubiera visto algo raro–. Te espera abajo, en el patio.

¡Bien! Mi amigo me esperaba para investigar. Cogí la lupa y la grabadora y me las metí en el bolsillo.

Convenía llevarse el equipo de un buen detective. Bueno..., no pude hacerme con todo, porque mi madre había escondido la máquina de fotos. Posiblemente sepa que se la he cogido alguna vez, aunque siempre vuelva a dejarla en su sitio.

No tardé ni un minuto en bajar, aunque a mi madre no le gusta que me vaya de casa nada más comer. Tomás me estaba esperando sentado en un banco, con *Pingüina* sobre sus rodillas. En cuanto me vio con el papel amarillo, se levantó de un salto y *Pingüina* se quejó:

—¡CRAC, CRAC, CRAC!

—¿Hay novedades, Bárbara?

—Claro, ya te dije que *Pingüina* no nos fallaría –respondí, y enseguida le enseñé el mapa–. Si damos con la X, sabremos cuál es el misterio de Ariadna.

—¿Lo ha traído *Pingüina* del ático? –preguntó Tomás, quitándomelo de la mano.

—Creo que sí, y sé que es de Ariadna porque huele a ella.

Tomás me miró fijamente, como para comprobar si me había vuelto loca de repente.

Después olió el papel, haciendo un ruido exagerado con la nariz:

—¡Qué chorrada! No huelo a nada...

—La **X** de aquí –le dije mientras la señalaba con el dedo e ignoraba su falta de olfato– indica el Parque de Atenas.

—Jo, no puedo leerlo... ¡Esas letras son enanas! Solo entiendo las palabras de aquí arriba:

Sábado, a las 5 de la tarde.

—Sí. Y hoy es sábado. Y solo falta una hora para las cinco.

—¿Y cómo sabes que no se refiere al sábado que viene, o al de hace un mes?

—No podemos saberlo..., pero ese parque está muy cerca. Si quieres, vamos para allá.

Tomás dudó un momento, pero luego me guiñó un ojo.

—¡Bueno, vamos! –exclamó.

Pingüina debía de estar un poco cansada, porque prefirió ir posada en mi hombro.

Cuando llegamos, allí no había nadie, quizá porque era demasiado pronto, o porque había un viento muy molesto y varias nubes negras oscurecían el cielo.

El Parque de Atenas es muy grande, pero la **X** estaba claramente marcada frente a los columpios. Nos acercamos corriendo a ellos para localizar el punto exacto del plano. Vimos que lo teníamos fácil. El suelo era de cemento menos en la zona de los columpios, que quedaba fuera de la **X**, y además, no se podía esconder nada en ellos, ni siquiera en el único tobogán que había.

Por esa zona había un solo árbol: un chopo muy delgado que el viento movía de un lado a otro, como si jugara con él. *Pingüina* voló hasta la rama más alta. Me fijé en la poca tierra que tenía debajo. No parecía haber sido removida, por lo que deduje que bajo el árbol no había nada enterrado.

La **X** solo podía referirse a un viejo banco de madera, a una papelera metálica sin tapa... o a las adelfas situadas detrás del banco, aunque nadie escondería algo de valor allí, ¿no?

Echamos un vistazo al banco y no encontramos nada. Me arrodillé para mirar por debajo.

¿Habría algún tesoro pegado al asiento...? ¡Qué va! Solo unos cuantos chicles y mocos. Era un banco normal.

Luego nos fijamos en la papelera, clavada junto al banco, metálica, con agujeros por el borde superior y sin tapa. Al acercarnos, comprobamos que estaba casi vacía: solo había unos papeles arrugados, un plástico negro y una tela grasienta.

¿Sería algo de eso «el tesoro»? ¡Imposible! Cualquiera podría llevárselo. A no ser que la papelera tuviera algún escondrijo... Nos agachamos para examinarla detenidamente por debajo, y luego por los lados, y por arriba. Nada; nada de nada. La papelera no tenía ningún truco. Solo quedaba saber qué había dentro, aparte de basura.

Le di unas palmaditas en la espalda a Tomás:

—Bueno, habrá que meter la mano, ¿no crees?

Él se alejó varios pasos:

—¿A mí qué me cuentas? Métela tú, que para eso eres detective.

—No seas bobo, no te van a comer ni los papeles, ni la bolsa negra, ni el trapo. Los ayudantes están para eso, para echar una mano en estos casos tan...

— ... tan sucios, ¿no?

Tomás se cruzó de brazos para demostrarme que no tenía la menor intención de mancharse. ¡Pues vaya ayudante! En fin, que debería hacerlo yo. ¡Qué asco!

Ya iba a meter la mano cuando me di cuenta de que *Pingüina* seguía sobre la rama más alta del chopo. Silbé con fuerza y no hizo falta explicarle más: bajó del árbol y se metió en la papelera. Tras un buen rato rebuscando y graznando, salió sin nada en el pico y negó con la cabeza.

—¿Y en la bolsa? –pregunté.

Ella volvió a mover la cabeza de un lado a otro. Si en la papelera existiese algo de valor, *Pingüina* lo hubiera encontrado, seguro. Hasta Tomás lo sabía.

—¡Pues no entiendo nada! –exclamó mi amigo, lanzando una patada al aire–. ¿Y el tesoro? ¡Si el mapa indica justo aquí, frente a los columpios!

Avanzamos por el parque hasta llegar a un pequeño estanque lleno de patos.

—No sigamos –sugirió Tomás, y me enseñó otra vez el mapa–. Nos alejamos de la zona marcada con la **X**.

Eso estaba claro: el tesoro tenía que estar frente a los columpios. Había que volver, y buscar otra vez.

8

Mercancía por dinero

YA nos dábamos la vuelta para volver de nuevo al punto que marcaba aquella **X**, cuando a lo lejos vimos que se acercaba una mujer en vaqueros y con un amplio jersey azul.

¡Era Ariadna!

Llevaba una bolsa blanca que marcaba la silueta de una caja, posiblemente de zapatos, y aunque parecía que no le pesaba, iba muy despacio.

Nos escondimos enseguida entre las adelfas, detrás del banco, casi sin pensar que a lo mejor Ariadna se dirigía precisamente ahí, a sacar el tesoro enterrado bajo las plantas... Pero no había más sitios para elegir. *Pingüina* se posó sobre una rama baja del chopo, la más cercana a nosotros.

Ariadna se detuvo frente al banco, dejó la bolsa sobre él y se quedó de pie, pensativa. En cuclillas, nosotros podíamos ver lo que hacía, ocultos entre las adelfas.

Ella miró hacia donde estábamos, quieta, sin mover ni una pestaña, y siguió así un buen rato. Me recordó a aquellos tigres que, antes de atacar a una gacela, se quedan inmóviles, relamiéndose, con los músculos en tensión para saltar al ataque en menos de un segundo.

Sin embargo, Ariadna giró de pronto a su izquierda y se encaminó directamente a la papelera. Tomás me dio un codazo y susurró:

—¿Seguro que *Pingüina* buscó bien?

Ariadna se plantó ante la papelera, extendió una mano sobre ella, fue abriéndola... y dejó caer un papel de colores en su interior. ¿Un mensaje para alguien? ¿El envoltorio de un caramelo? A continuación miró a su alrededor y se sentó en el banco, a menos de un metro de nosotros. Podríamos haber tocado su nuca con la mano si hubiéramos estirado el brazo. Tomás me dio otro codazo, y se lo devolví para que se diera cuenta de que dolía.

—¡Ay! –se quejó–. ¡Qué burra eres!

Ariadna no le oyó, ¡menos mal! Colocó una mano sobre la bolsa y se puso a silbar una canción. *Pingüina,* desde la rama, graznó sin apartar los ojos de ella.

Tomás me dijo al oído:

—Como descubra a *Pingüina,* se la comerá.

Ariadna no tardó en fijarse en el chopo... y en la rama desde la que vigilaba *Pingüina.* Entonces se levantó un poco, seguramente con la intención de observarla mejor. Pero volvió a sentarse cuando vio a un hombre de traje oscuro, calvo y con gafas de sol, que paseaba frente al banco. Saludó a Ariadna con la mano y, cuando ella le devolvió el saludo, se sentó a su lado. Entonces me acordé de que llevaba mi grabadora en el bolsillo. Estando tan cerca, se grabaría perfectamente su conversación. La encendí y estiré el brazo.

—¿Traes la mercancía? –preguntó el hombre sin mirarla.

—Ssssssssssss... Habla más bajo.

—Tranquila, nadie nos oye.

—La mercancía está en la bolsa, dentro de una caja.

—Tus poderes son mágicos. ¿Cómo consigues todo?

—Tú lo has dicho: ¡con magia! –respondió Ariadna, y se echó a reír.

El hombre sacó un sobre marrón de un bolsillo de su chaqueta:

—Bueno, yo también traigo tu dinero.

—Espera, no me lo des todavía. Hay que tener cuidado con la poli. De momento, nadie sospecha de mí, pero...

—¡Bah! No te preocupes –dijo él, y miró a su alrededor–. Ni me han seguido, ni están por aquí.

Tomás cerró los ojos y yo tragué saliva.

Ariadna volvió la mirada hacia las adelfas un momento. Luego explicó:

—En la bolsa he metido dos regalos que gustarán a tu cliente. Proceden de hechiceros africanos. Los conseguí ayer, durante la tormenta, cuando se me rompieron algunas cajas.

—¿Y perdiste...?

—Sí, perdí mucha mercancía... Tuve problemas, graves problemas. Unos niños que juegan a detectives casi me descubren. Pero las he encontrado esta mañana: una entre las plantas del patio, y la otra bajo un armario de mi terraza.

—De momento, te pago esta entrega –dijo el hombre, señalando la bolsa–. Pero hoy mismo llamaré a mi cliente de... del extranjero. Si le interesa otra más, te lo haré saber.

—De acuerdo, aunque te va a salir caro... Es un auténtico tesoro. Me costó mucho conseguirla –añadió Ariadna antes de coger el sobre que le tendía el hombre.

¡De modo que Ariadna era una ladrona!

En ese mismo instante, *Pingüina* bajó del árbol y se posó a solo unos metros del banco. Ni Tomás ni yo entendimos por qué hizo eso.

Pingüina caminó hacia Ariadna y el hombre, haciéndose la coja. Entonces me acordé de que algunos pájaros utilizan ese truco para distraer la atención de los que pretenden cazar a sus crías. Y de pronto lo comprendí: quería que Tomás y yo actuásemos mientras Ariadna y su compinche se fijaban en ella.

—¿Y esa urraca? –preguntó el hombre mientras se guardaba las gafas en un bolsillo interior de la chaqueta.

—La capturé con una red el primer día que llegué. Pero con la tormenta se cayó la jaula donde la encerré, y escapó. Ahora está herida. Si la cogemos, la utilizaré para un plan que nos beneficiaría a ti y a mí.

El hombre se levantó rápidamente:

—¿Ah, sí?

Ariadna también se puso en pie y echó a andar tras ella. ¿Querría meterla en una gran olla y comérsela, o convertirla en... algo...?

Temiendo que la capturasen, *Pingüina* avanzó un poco en dirección contraria, todavía cojeando para disimular.

Al ver la bolsa sobre el banco y una piedra en el suelo, a nuestro lado, tuve una idea. Apagué la grabadora, me la guardé en el bolsillo, cogí la piedra y me asomé entre las plantas. Al abrir la bolsa me encontré una caja menor de lo que yo imaginaba, y las dos máscaras que perdió mi vecino la noche de la tormenta. ¿Qué pintaban ahí? ¿Cómo las habría robado Ariadna?

En fin, no valían nada y tampoco había tiempo para pensar, así que metí la piedra en la bolsa y me llevé solo la caja. Pesaba muy poco. Una cinta blanca con un lazo me hizo pensar que escondía una joya. Con la caja en mi poder, volví a esconderme entre las adelfas, junto a Tomás. Comprobé que Ariadna y el hombre seguían a *Pingüina,* que parecía burlarse de ellos, escapando con un salto enorme cada vez que se acercaban demasiado a ella.

—Sígueme, Tomás –le dije, guiñándole un ojo.

Corrimos y corrimos, sin mirar hacia atrás, hasta que llegamos a mi calle.

Cuando íbamos a meter la llave en la cerradura del portal, salía mi madre, vestida con un traje blanco recién estrenado. Tomás me quitó la caja y la escondió bajo su jersey antes de que mi madre la descubriera.

—¿Qué pasa, niños? –preguntó al vernos con la lengua fuera–. ¡Parece como si os hubierais topado con una bruja!

Como no se me ocurría qué decir, le di un abrazo y exclamé:

—¡Vaya, mamá, qué guapa vas!

—Muchas gracias, Bárbara. Me voy al cine con mis amigas, que me llamaron nada más irte.

—¿Qué vas a ver?

—Me han dicho el título de la película, pero ya se me ha olvidado... En fin, volveré sobre las nueve.

Me besó en la frente y, antes de marcharse, me preguntó:

—Llevas la llave de casa, ¿verdad?

—Claro, mamá –le respondí, sacándola del bolsillo para enseñársela.

—Si me necesitas, llámame al móvil. Si no contesto, deja un mensaje.

A veces, mi madre me trata como a una niña pequeña, y la verdad es que me da rabia. ¡Si supiera que soy toda una detective...!

Cuando por fin dio media vuelta, vi cómo *Pingüina* se posaba en una farola del patio. Una vez que mi madre se alejó, se vino con nosotros, agarrándose con fuerza a mi hombro.

—Muy bien, amiga –le dije mientras la acariciaba–. Has conseguido escapar de ellos, ¿eh?

Dio dos saltitos sobre mi hombro:

—¡CRAC, CRAC, CRAC!

Yo estaba abriendo la puerta de mi casa cuando Tomás, todavía en el rellano de la escalera, exclamó:

—¡Algo se mueve dentro de la caja!

Efectivamente, del interior salía un ruido extraño que me recordó a cuando tienes mucho frío y tus dientes chocan entre sí.

Le quité la caja a Tomás, la sacudí un poco y el ruido se hizo mayor.

—No la abras, Bárbara –me pidió él, cogiéndome del brazo.

¿Cómo no iba a abrirla? ¡Un detective debe investigar! Además, ¡me moría de ganas por saber qué había dentro! ¿Una joya robada? Seguramente, pero entonces, ¿por qué hacía ruido?

—Seguro que es una serpiente venenosa, que Ariadna utiliza para sus pócimas –dijo Tomás.

Nada más cerrar la puerta detrás de nosotros, dejé la caja muy despacio en el suelo del recibidor. Después nos tumbamos boca abajo, sin quitar los ojos de la tapa, como si fuera posible que se levantara sola.

Tras unos minutos en el más absoluto silencio, dentro de la caja se volvió a producir el ruido. Acerqué la mano a la cinta de la tapa. Solo se trataba de desatarla...

—¡Espera! –dijo Tomás, y como es un miedica gateó hacia atrás, hasta que se alejó bastante. *Pingüina,* la muy cobarde, se fue con él.

Tiré de un extremo de la cinta... y el nudo se deshizo. ¡Bien! Ya solo había que levantar la tapa... Era tan fácil y, sin embargo, ¡qué difícil me resultó!

Me arrodillé. Cuando empecé a levantar la tapa, el ruido desapareció. Tragué saliva... ¿Qué habría dentro? El sudor empezó a resbalar por mis mejillas, y mi mano temblaba.

—¡Venga, Bárbara! –dijo Tomás–. ¿A qué esperas?

¡Qué morro! Ahora que se creía seguro, tan lejos, quería que yo abriera la caja. ¡Menudo ayudante!

Cogí aire y levanté la tapa lentamente.

9

El enigma de la caja

CUANDO por fin abrí del todo la caja, retrocedí un poco de rodillas.

De allí no salió nada. Esperamos un buen rato, pero nada de nada.

—¿No vas a mirar qué hay dentro? –se quejó Tomás.

—¡CRAC, CRAC, CRAC! –graznó *Pingüina,* como dando la razón a Tomás, pero sin bajar de su hombro.

—Sí, claro, pero... ¡los tres juntos! –exclamé.

Agarré de la mano a mi amigo y nos pusimos frente a la caja, los dos de rodillas, a menos de un metro de ella. Inclinamos el cuerpo hacia delante, estiramos el cuello y...

—¡¡¡UNA ARAÑA!!! –gritamos a la vez.

En efecto, una araña peluda se movía en el fondo de la caja. Era la más grande y la más peluda que habíamos visto nunca. Parecía una de esas de las películas de selvas.

—¡Bah! No es una serpiente... –dijo Tomás algo decepcionado, y se levantó de golpe. Sin darse cuenta, golpeó la caja con un pie y la tumbó. *Pingüina* graznó nerviosa.

La araña salió moviendo sus ocho patas con rapidez. Avanzó en dirección a la puerta de la calle. Intentó pasar por debajo, pero no había suficiente espacio para salir. Así que se quedó quieta, como pensando qué hacer. Tampoco nosotros movíamos ni un pelo.

De repente, puso en marcha de nuevo sus ocho patas y se encaminó hacia nosotros muy deprisa.

—¡AHHHHHHHHH! –chilló Tomás justo al lado de mi oído, y salió corriendo por el pasillo. *Pingüina* echó a volar también en esa dirección.

Retrocedí unos pasos y la araña torció a la derecha, en dirección a la cocina.

—¡Oh, no! –grité, dando un salto.

El corazón empezó a latirme como un tambor. En la cocina, la araña se podría esconder por cualquier parte. ¡Había que cogerla! Pero, claro... ¿y si era venenosa? Pues, pues... si era venenosa... ¡debíamos cogerla también! No podíamos permitir que se escondiera en algún rincón y que en cualquier momento atacara a mi madre.

Fui detrás de ella, guardando una distancia prudente por si se volvía y decidía cargar contra mí.

Cuando se acercó a la nevera, la araña disminuyó la velocidad. Incluso se detuvo un momento frente a ella, como si hubiera olido algo. Luego, continuó avanzando hacia el cubo de basura. Aunque iba despacio, no tardaría en trepar por el cubo y meterse entre los restos de la carne, las pieles de manzana, los trozos de la jarra que rompió mi madre...

¡Ah, la jarra del agua! Quedaba otra, y estaba sobre la encimera, enfrente de mí. La agarré del asa y, poniéndola boca abajo, me acerqué a la araña. Extendí el brazo poco a poco... Creo que ella se dio cuenta de mis intenciones, porque se quedó quieta, preparada para atacarme.

Con mucho cuidado coloqué la jarra sobre la araña. Esta quedó encerrada dentro, desesperada, golpeando el cristal con las patas.

Respiré aliviada.

—¡Bieeeeeeeeen! –exclamó Tomás.

—¡CRAC, CRAC, CRAC! –graznó *Pingüina,* revoloteando muy contenta de una punta a otra de la cocina.

—¿Qué hacemos ahora? –preguntó Tomás–. ¿Llamamos a la poli?

—¿Para qué? La poli, como mucho, preguntará a algún experto si esta araña es peligrosa o no...

—¡Claro que es peligrosa!

—La verdad es que lo parece. Pues... podríamos llamar a los del zoo, y se lo preguntamos nosotros.

—Sí. Buena idea.

Me abalancé sobre el periódico que mi madre había dejado sobre el sofá del comedor. En la sección de «ocio» encontramos el número del teléfono del zoo. Lo marqué y volvimos con el teléfono inalámbrico a la cocina, para no perder de vista a la araña.

Me atendió una señorita que, al principio, pensó que se trataba de una broma de una niña tonta. Luego, a regañadientes, consultó a un biólogo del zoo y me pasó con él.

—Hola, soy Enrique Sáez –se presentó con una voz muy dulce y amable–. La telefonista me ha dicho que te llamas Bárbara.

—Sí, Bárbara Fernández.

—También me ha explicado que tienes una araña que te parece muy peligrosa.

—Sí, sí. Es una araña grande, negra, peluda, con ocho patas –le expliqué–. La tengo prisionera dentro de una jarra de agua, en la cocina. ¡Es enorme!

—Pero ¿cómo de enorme? –me preguntó, con más interés del que yo esperaba.

—Pues grande, grande... Nunca había visto una así.

—Por favor, Bárbara, fíjate en las patas. ¿Son peludas?

—Sí.

—¿Estás segura? Es muy importante que no te equivoques.

—Segurísima.

—Bien, vale... ¿Cómo ha llegado hasta tu casa?

—Es una historia un poco larga.

—De acuerdo, Bárbara. Mira, vamos a hacer una cosa: me voy a acercar a tu casa para examinar la araña. Tú no te muevas de ahí y, sobre todo, que no salga de la jarra, ¿vale?

—Vale. Vivo en la calle Paradinas n.º 3, 3.º D.

—Paradinas, 3, 3.º D –repitió él mientras, seguramente, lo escribía en un papel–. Muy bien, Bárbara. Hasta dentro de unos minutos.

—Gracias.

—Gracias a ti.

Tomás y yo nos sentamos con las piernas cruzadas frente a la jarra. La araña apenas se movía. De vez en cuando levantaba dos patas, pero volvía a bajarlas enseguida. ¡Qué fea era!

Entre el zoo y mi casa hay bastante distancia. Por eso me extrañó que, al poco rato, sonase el telefonillo. Aquel hombre tendría que haber venido en coche, y a toda velocidad. ¿Tanto interés tenía? ¿Por qué?

—¿Quién es? –pregunté.

—Enrique Sáez, el biólogo del zoológico.

Reconocí la voz amable que me atendió por teléfono. Sí, era él. Pulsé el botón del telefonillo para que pasara al portal y esperé a que subiera, sin quitar el ojo de la mirilla de la puerta.

Enseguida vi salir del ascensor a un hombre regordete y con barba. Llevaba la bata de trabajo con una chapa en la solapa que ponía:

Parque Zoológico

Enrique Sáez

Biólogo

Llamó con tres timbrazos, y abrí la puerta con *Pingüina* sobre mi hombro. Él se quedó sorprendido:

—Tú eres Bárbara, ¿verdad? ¡Qué mascota tan simpática!

—Es mi amiga –le aclaré yo–. Se llama *Pingüina*.

Ella dio un par de saltitos sobre mi hombro. En ese momento, Tomás apareció detrás de mí y le tendió la mano:

—Hola, yo soy Tomás.

A Enrique Sáez le hizo gracia que un niño le saludara así, y le estrechó la mano sonriendo.

Entró al recibidor.

—La araña que le describí es peligrosa... y valiosa, ¿a que sí? –pregunté yo.

—Pues... hasta que no la vea, no puedo saberlo. Por cierto, ¿cómo la habéis encontrado?

—Bueno, no nos la hemos encontrado precisamente...–respondió Tomás con cara de pícaro–. ¡Se la hemos robado a una vecina!

—Sí –añadí al ver que el biólogo ponía cara de disgusto–: ¡Es que se la quería vender a un hombre!

—Bueno..., venderla no es delito, a no ser que la araña pertenezca a una especie protegida... Vamos a echar un vistazo. ¿Dónde está?

—En el suelo de la cocina.

Antes de pasar, Enrique Sáez se fijó en mi mochila, que estaba junto al mueble zapatero.

—¡Anda! ¡Pero si tú eres Bárbara, la famosa detective! –exclamó mientras se daba una palmada en la frente.

—¿Me conoce?

—¡No, boba! –me susurró Tomás–. Es que has puesto en la mochila una de las tarjetas que te hiciste con el ordenador.

Era verdad. Ya no me acordaba. Efectivamente, en mi mochila había un hueco plastificado para poner un papel con mi nombre, y cuando tuve claro que quería ser detective, coloqué una tarjeta en la que se leía:

En ese instante recordé la primera vez que me encontré con Ariadna. Ella también «adivinó» cómo me llamaba y cuál era mi profesión. ¡Menuda bruja! Simplemente lo había leído... ¡Bah!

Enrique Sáez se arrodilló ante la araña para examinarla.

—¿Necesita una lupa? Tengo una –le ofrecí, sacándola del bolsillo.

—No, gracias, no la necesito... Habéis atrapado a la araña *Migale* que robaron del zoo la semana pasada. Y sí: es muy peligrosa, y también valiosa. La guardábamos como un tesoro en nuestra exposición «Naturaleza Misteriosa».

—¿Robaron más animales? –pregunté.

—Pues, sí...: tres papagayos adiestrados...; un tití, que es un mono muy pequeño...; una falsa coral, que es una serpiente inofensiva...; un lémur, que se parece a un mono, tiene ojos grandes y da unos chillidos enormes..., esta *Migale* y varios reptiles. Todos se podrían vender a un buen precio en el mercado negro, así que, por favor, contadme todo lo que sepáis de esa vecina.

—Es una historia larga –le dije.

—No importa –respondió mientras se sentaba en el suelo de la cocina, al lado de la jarra–. Me encantará escucharla con todos sus detalles.

10

Lo tengo grabado

P*INGÜINA* bajó de mi hombro y estuvo todo el rato muy quieta junto a Enrique mientras Tomás y yo le contábamos toda la historia: desde que conocí a Ariadna y curó a *Dasky,* hasta el descubrimiento de la araña, pasando por las huellas de las ventanas, los ruidos en casa de Ariadna, el mapa, la conversación con su cliente en el Parque de Atenas, el truco de *Pingüina* para que nos llevásemos la caja...

Él mostró mucho interés.

—¡Qué ingeniosa es *Pingüina!* –exclamó al final, y la acarició–. El único misterio de Ariadna consiste en que dirige una banda que se dedica al tráfico ilegal de especies protegidas. Debe de ser una experta en animales, y por eso curó al gato de Tomás, que tendría una indigestión debida a un atracón de leche. Esa mujer trafica con especies en peligro de extinción, y su banda robó algunos animales del zoo. Lo más probable es que tenga algún cómplice entre nuestros compañeros.

—Cuando la vi por primera vez, seguro que llevaba un animal bajo la capa. Por eso escuché como un murmullo muy raro... –pensé yo en voz alta.

—Sí... Llevaría el tití bajo la capa... –dijo Enrique–. Seguramente, el pobre animal se escapó, cogió las máscaras de tu vecino y dejó las huellas de sus manos ganchudas en los cristales de las ventanas... Es un mono muy pequeño, parecido a una ardilla, y pudo haber trepado por las paredes del edificio. Se llama *Isi,* y le encantan los terrones de azúcar; por eso Ariadna tendría unos cuantos en la mano el día que subisteis a investigar a su casa.

—¿Y el ruido que escuché por la noche, y esta mañana detrás de su puerta? –pregunté.

—Las palabras «ven conmigo» son las que pronuncia uno de los papagayos adiestrados del zoo. Los chillidos serían del lémur, que también se parece a una ardilla, pero es mucho más escandaloso, sobre todo si presiente que va a llover.

—¡Ah! –exclamó Tomás, cayendo en la cuenta–: Por eso Ariadna supo que iba a haber tormenta...

Enrique asintió con la cabeza y añadió:

—Por cierto, al lémur le encanta la miel. A lo mejor por eso Ariadna se impregnó de ese olor, ¿no?

—Ya, pero ¿qué estaría buscando cuando Bárbara la vio entre las plantas del jardín? –preguntó Tomás.

—La falsa coral –respondí, adelantándome a Enrique–. Y seguramente la atrapó con el jersey. Entonces no me di ni cuenta, pero sabía que había algo raro en todo aquello.

—En fin, ya sabemos lo que ha pasado –concluyó Enrique–: Esa mujer es la jefa de la banda que robó en el zoo.

—Sí, y su nombre es Ariadna –le recordó Tomás.

—Bueno, sí, utiliza ese nombre..., pero es imposible saber si es el auténtico –reconoció Enrique.

A mí me dio un poco de pena: aquel nombre me había encantado. Me sonaba a una mujer con misterio. Bueno, la verdad es que tenía misterio..., aunque no fuese una bruja.

—La policía la busca desde hace mucho tiempo –continuó Enrique–. ¡Lástima que no tengamos pruebas suficientes contra ella!

Entonces metí la mano en mi bolsillo y saqué la grabadora. Él se quedó con la boca abierta:

—Bárbara, no me digas que...

—Sí –le interrumpí, entregándole la cinta–. La conversación de Ariadna con su cliente está grabada aquí. ¿Ve cómo somos unos detectives de verdad?

Tomás sonrió:

—¡Bien! ¡Sois unos detectives geniales! Y esa tal Ariadna..., ¿decís que vive en el ático?

—Sí, sí –respondió Tomás, levantándose de un salto–. ¿Subimos?

Enrique negó con la cabeza:

—No, sería muy peligroso. Debemos avisar a la policía.

Marqué rápidamente el 091 y le pasé el teléfono inalámbrico. Con muy pocas palabras, Enrique explicó el caso a la policía. Cuando terminó, cogió la caja de la araña, agarró la tapa de cartón y la dejó boca arriba en el suelo, frente a la jarra. Luego, muy despacio, levantó la jarra. La araña, moviendo poquito a poco las patas, fue a colocarse sobre el cartón. Entonces Enrique echó la araña en la caja a toda velocidad, colocó la tapa y anudó la cinta.

Unos minutos después llamaron a mi puerta. Era un hombre muy alto, vestido de policía. Nos enseñó su placa.

Enrique le volvió a contar todo. También le entregó la cinta que habíamos grabado en el parque. Yo le señalé la caja, donde la araña *Migale* hacía ese ruido tan peculiar.

—¿Esa urraca es también robada? –me preguntó, señalando a *Pingüina,* que nos contemplaba desde lo alto de un armario de la cocina.

—¡CRAC, CRAC, CRAC! –graznó ella para protestar.

—*Pingüina* es amiga nuestra, no pertenece a nadie –le explicó Tomás–. Es libre.

El policía miró a Enrique y, cuando este asintió, saludó con la mano a *Pingüina*. A continuación sacó un teléfono móvil del bolsillo. Estuvo hablando durante un buen rato. Por lo que entendí, pidió refuerzos y un permiso para entrar en el ático. Cuando terminó, le dijo a Enrique que le acompañara.

—¿Y nosotros? –preguntamos Tomás y yo a la vez.

—No. Lo siento... –respondió el agente–. Tendréis que esperarnos aquí. No creo que tardemos mucho. Mientras, cuidad de la araña, por favor. ¡Que no se escape!

—Vale –respondimos algo decepcionados, y nos sentamos junto a la caja.

Me hubiera gustado acompañarles al ático, ver a los animales, jugar con el lémur y con el tití. Incluso, ¿por qué no?, ayudar en la detención de Ariadna y de su banda. Pero, en fin..., las cosas son como son.

Poco después escuchamos las sirenas de la policía. Muchas, y cada vez más cerca. Debieron de llegar montones de agentes, porque oímos un jaleo tremendo en la escalera.

Cuando ya casi creíamos que se habían olvidado de nosotros, el policía y Enrique bajaron a mi casa.

—Muchas gracias por vuestra colaboración –dijo el agente en cuanto le abrí la puerta–. Sin vosotros, el zoo nunca hubiera recuperado los animales que hemos encontrado en ese ático, encerrados en cajas y jaulas.

Enrique nos sonrió, recogió la caja donde estaba la araña y nos prometió con un tono muy solemne:

—El zoo os recompensará de algún modo. ¡Os doy mi palabra!

—No nos hace falta ninguna recompensa –aseguré, e inmediatamente sentí un codazo de Tomás en las costillas.

Pingüina, por hacer una gracia, imitó una carcajada perfecta:

—¡JA, JA, JA!

El policía y Enrique se miraron sorprendidos, y enseguida se echaron a reír. Tomás y yo, aunque sabíamos de lo que era capaz nuestra amiga, también.

—¡Pues claro que hace falta una recompensa! –insistió Enrique–. Habéis sido muy valientes. Si no fuera por vosotros, el zoo habría perdido para siempre unos ejemplares valiosísimos.

Antes de irse con el policía, apuntó nuestros datos en una libretita.

De Ariadna no supimos más. Supongo que los policías la detendrían esa misma tarde.

Cuando me quedé a solas en mi habitación, recordé todo lo que había imaginado de ella. ¡Si hasta casi me convencí de que era una auténtica bruja! Casi creí que había adivinado mi nombre y mi profesión, que preparaba pócimas mágicas y que ocultaba un tesoro en el Parque de Atenas.

Bueno, a lo mejor con todo lo que me había imaginado se podía haber hecho una película. No estaría mal. Se titularía *La bruja Ariadna,* y tendría un montón de escenas de miedo...

Aunque, bien pensado, no sería tan interesante como lo que nos había pasado de verdad. La realidad sí que era alucinante: ¡habíamos ayudado a la Policía, al zoo y a unos animales en peligro! El policía lo había dicho muy claro: «Sin vosotros...».

La realidad me gusta. Te imaginas una cosa y, luego, sucede otra más increíble todavía. Sí, me gusta. Además, por fijarnos en las cosas, con los ojos bien abiertos, Tomás y yo íbamos a recibir una recompensa.

Por cierto..., aquella noche supe el premio que nos darían. Antes de que Enrique, o cualquier otro representante del zoo nos avisase, me enteré por la tele, mientras me comía unas onzas de chocolate blanco. La había encendido por si decían algo sobre Ariadna en el telediario.

Al poco de comenzar las noticias, mi madre volvió del cine.

—Hola, mamá. ¿Qué tal la peli?

Para que no me regañase por comer tanto dulce, me metí todas las onzas de chocolate en la boca con mucho disimulo.

—Bueno, bien..., aunque un poco fantasiosa para mi gusto –respondió, y se sentó junto a mí en el sofá–. Era de esas de...

No continuó, porque en ese momento apareció una araña peluda en la tele. ¡Con el miedo que les tiene! Se trataba de la *Migale* que le quitamos a Ariadna. Estaba en una urna de cristal, dentro de una sala del zoo. Mientras, el presentador del telediario explicaba:

—«*La peligrosa banda de Ariadna...*

Mi madre se quedó pálida, y me cogió la mano.

—»*... ha sido desarticulada. Dicha banda había robado animales valiosos del zoológico. Algunos de ellos eran peligrosos, y los traficantes los guardaban en un domicilio particular.*

»*Han sido dos niños, con la ayuda de una urraca, los que han conseguido acabar con los planes de la jefa de la organización. Estos jovencísimos detectives descubrieron sus intenciones, tendieron una trampa a los delincuentes, aportaron pruebas a la policía para su detención y futuro juicio y facilitaron datos para la recuperación de los animales robados.*

»*La directiva del zoológico acaba de comunicar a nuestros servicios informativos que, aunque los niños todavía no lo saben, les van a nombrar Socios de Honor. De esta forma podrán entrar gratis todas las veces que quieran, durante el resto de su vida. Será la recompensa que el zoo, como agradecimiento, dará a estos valientes...*».

Me tragué el chocolate que tenía en la boca y di un salto de alegría. Mi madre estaba tan impresionada por la noticia que casi ni se dio cuenta. Tampoco se enteró de que, en ese momento, *Pingüina* se había posado en el alféizar de la ventana del comedor y nos miraba tras los cristales.

—¡Vaya con los niñitos que juegan a ser detectives! –exclamó mientras se levantaba del sofá–. ¿Sabrán sus padres el peligro que han corrido? ¡Ay, si me pasara a mí...! ¡No quiero ni pensarlo!

Tuve que taparme la boca con la mano, para que no se me escapara una carcajada.

—Pero, mamá... –me quejé luego, con la voz más cursi que me ha salido nunca, y guiñé un ojo a mi amiga *Pingüina*–: Ya sabes que yo también quiero ser detective... ¡igual que esos niños!

—¡Ay, Bárbara! No seas loca. Te lo he dicho mil veces: una cosa es la verdad... y otra muy distinta, la fantasía.

Fin

alta mar

Taller de lectura

Bárbara y el misterio de Ariadna

1. Bárbara, sus amigos y Ariadna

1.1. Bárbara es una niña bastante especial. Es detective. Ella lo tiene claro. Y tú, ¿has pensado en lo que quieres ser de mayor? Cuéntaselo a Bárbara. ¿Por qué te gustaría ser eso?

....

....

....

....

....

1.2. Además de gustarle los misterios, a Bárbara le encantan los dulces, especialmente el chocolate. Dibújala delante de una mesa llena de todo lo que creas que le puede gustar. Recuerda que es un poco gordita y que tiene los ojos negros, la piel morena y el pelo rizado.

1.3. Al principio de la historia, después de merendar, Bárbara se fue a su habitación y abrió la ventana para llamar a *Pingüina*. ¿Quién es *Pingüina?* ¿Por qué Bárbara le puso ese nombre?

....

....

....

....

Ahora te proponemos un juego. Imagina que tú también eres una urraca, amiga de *Pingüina,* y hoy vas a acompañarla todo el día, justo desde que se despierta en el tejado del edificio de Bárbara.

Ahora *Pingüina* y tú estáis revoloteando sobre las calles de tu barrio. ¿Dónde te gustaría ir en primer lugar? ¿Por qué?

....

....

....

....

¿Cómo se ve desde el aire el sitio que has escogido? Cuéntalo con tus propias palabras.

....

....

....

....

Recuerda que *Pingüina* va contigo. ¿Qué podríais hacer allí?

....

....

....

....

1.4. El relato comienza en el momento en que Bárbara se encuentra con Ariadna, de la que dice: *«Iba envuelta en una capa negra, demasiado ancha y con el dibujo de una araña en la espalda. Llevaba el pelo corto con mechas moradas, y unos enormes pendientes con la forma de la misma araña de la capa»*.

Pinta a Ariadna como nos la describe nuestra amiga Bárbara.

1.5. Tomás es el mejor amigo de Bárbara. Él admira su valentía. ¿Admiras tú las cualidades de tus amigos? Escribe el nombre de algunas amigas o amigos tuyos y pon al lado sus cualidades.

NOMBRE	CUALIDADES
....	....
....	....
....	....
....	....
....	....

1.6. Cuando Bárbara iba a llamar al telefonillo de Tomás, él salía del portal. ¿Qué llevaba en los brazos? ¿Qué le pasaba? ¿Cómo crees que hubieras podido consolarlo?

....

....

....

....

1.7. A Tomás le gustan los animales. ¿Y a ti? ¿Cuáles son tus preferidos? Si no te gustan, di por qué.

....

....

....

....

Tomás había puesto el nombre de *Dasky* a su gato. Invéntate nombres propios bonitos para cinco animales distintos. Por ejemplo, para un caballo, un perro, un gorrión, una tortuga y un lobo.

- Un nombre bonito para un caballo es

  ....

- Un nombre bonito para un perro es

  ....

- Un nombre bonito para un gorrión es

  ....

- Un nombre bonito para una tortuga es

....

- Un nombre bonito para un lobo es

....

1.8. Ariadna mete a *Dasky* en su casa. ¿Por qué crees que lo hizo?

....

....

....

....

Mientras, Tomás está preocupado por su gato. ¿De qué tiene miedo?

....

....

....

....

....

2. Ariadna esconde un gran misterio

2.1. Bárbara nos dice:

«Estallaron varios truenos enormes y mi madre me agarró la mano. Después de cada nuevo estruendo, ella me miraba de reojo. Todavía no sé por qué no le dije: "Mamá, entérate, ¡las detectives no podemos tener miedo!".

Luego, entre trueno y trueno, oímos un ruido enorme y extraño que subía del patio. Mi madre me apretó la mano hasta hacerme daño, y pensé que quien realmente tenía miedo era ella. Algo se había partido o había caído al suelo con mucha fuerza. Desde la ventana no distinguimos nada extraño, solo el resplandor de los relámpagos, uno tras otro».

Vuelve a leerlo en voz alta. ¿Hay alguna palabra que no conozcas? Si es así, busca su significado en el diccionario.

2.2. A Bárbara y a su madre les gusta ver llover. ¿Y a ti? Enumera algunas ventajas e inconvenientes de la lluvia.

VENTAJAS	INCONVENIENTES
....	....
....	....
....	....
....	....
....	....
....	....

2.3. Cuando Bárbara se metió en la cama, creyó ver una sombra en la ventana de su habitación. También su madre vio algo en la ventana del comedor. ¿Se te ocurre alguna explicación para estas dos extrañas visiones?

....

....

....

....

2.4. Bárbara descubre a una persona a cuatro patas en el jardín del patio. ¿Quién era? ¿Qué crees que hacía?

....

....

2.5. Nuestra amiga y Tomás llaman a la puerta de Ariadna para pedirle azúcar, pero ¿qué querían realmente?

....

....

Sin embargo, Ariadna ya tenía el azúcar en la mano. ¿Por qué? ¿Era una bruja de verdad?

....

....

2.6. Después de comer y recoger la mesa, Bárbara se encuentra con *Pingüina* sobre el alféizar de su ventana. ¿Qué llevaba en el pico?

....

....

¿Olía aquello de una forma especial?

....

....

¿De dónde sospechas que salió lo que *Pingüina* llevaba en el pico?

....

....

2.7. Bárbara, Tomás y *Pingüina* fueron al Parque de Atenas para buscar un tesoro. Pero de pronto llegó alguien... ¿Qué hicieron entonces los niños? Subraya la respuesta correcta:

- Se escondieron entre las adelfas.
- Corrieron hacia sus casas.
- Se sentaron en un banco.
- Fueron a comprar un helado.

3. El misterio se descubre

3.1. Tomás tiene miedo de abrir la caja que Bárbara le quitó a Ariadna. ¿Qué creía Tomás que había dentro?

....

¿Qué pasó cuando Bárbara abrió la caja?

....

....

....

3.2. El biólogo del zoo ayuda a los niños a descubrir el misterio. ¿Cómo? Escribe un breve resumen de lo que pasó.

....

....

....

....

....

....

3.3. ¿Has estado alguna vez en un zoo? Si has ido, ¿qué animales fueron los que más te gustaron? Si no has ido nunca, ¿qué animales te gustaría ver?

....

....

3.4. La mejor recompensa para Bárbara es cumplir con su deber como detective, y también ayudar a unos pobres animales. Sin embargo, tanto Bárbara como Tomás recibirán otra recompensa. ¿Cuál?

....

....

Si a ti fueran a darte un premio, ¿cuál te gustaría que fuera?

....

....

Escribe una recompensa que no fuera para ti, sino para alguien que la necesite.

....

....

3.5. Aunque Bárbara no lo dice, a lo mejor el zoo preparó un diploma de honor para ella y para Tomás como agradecimiento.

Dibújalo y escribe el texto que corresponda en él.

3.6. Después de haber conocido a Bárbara, cuéntale qué cualidades son las que más admiras en ella.

....

....

....

....

....

....

....

3.7. Todos los relatos, especialmente los de intriga, como *Bárbara y el misterio de Ariadna,* tienen tres partes:

- *Introducción:* presentación de los personajes y de lo que pasa.
- *Nudo:* parte central de la historia.
- *Desenlace:* cuando descubrimos la solución de la intriga.

Resume en voz alta y con muy pocas palabras cada una de esas partes de este relato.

3.8. Las últimas palabras de la madre de Bárbara en este libro son:

«—¡Ay, Bárbara! No seas loca. Te lo he dicho mil veces: una cosa es la realidad... y otra muy distinta, la fantasía».

Sin embargo, el cuento nos enseña que la realidad es tan sorprendente y maravillosa como la fantasía. ¿Alguna vez te ha pasado algo muy divertido o extraño? Cuéntanoslo.

....

....

....

....

3.9. En la página 7, el autor ha escrito un saludo *para ti...*

Vuelve a leerlo, y escribe aquí la frase que más te guste.

....

....

....

3.10. Y a ti ¿qué te gustaría decirle al autor de esta historia?

....

....

....

3.11. Cuando leemos, nos enriquecemos con nuevas ideas. Escribe: ¿qué has aprendido con la lectura de este relato?

....

....

....

Ahora lee a tus compañeros lo que has escrito, y escucha con atención sus opiniones.

Índice

Series de la colección

Aventuras

Ciencia Ficción

Cuentos

Humor

Misterio

Novela Histórica

Novela Realista

Poesía

Teatro

Títulos publicados

A partir de 10 años

8. Juan MUÑOZ. **Las tres piedras y otros cuentos** (Cuentos)
12. Jean GUILLORÉ. **El viaje de Nicolás** (Aventuras)
14. Ronimund H. VON BISSING. **La Tierra del Oro Ardiente** (Aventuras)
17. Fernando ALMENA. **Marcelo Crecepelos** (Humor)
18. Juan MUÑOZ. **El feo, el bobo y el malo** (Cuentos)
19. Blanca GARCÍA-VALDECASAS. **Los chicos de La Maraña** (Aventuras)
23. Fernando G. TEJADA. **Noche de luna con gatos** (Teatro)
24. Emilio SANJUÁN. **Simón, Simón** (Humor)
27. Gabriel JANER MANILA. **Cuentos para los que duermen con un ojo abierto** (Cuentos)
28. Manfred LIMMROTH. **El pequeño Otto ha desaparecido** (Humor)
32. Antonio-Manuel FABREGAT. **Los cuentos de mi escuela** (Cuentos)
33. Fernando LALANA. **Edelmiro II y el dragón Gutiérrez** (Teatro)
36. Braulio LLAMERO. **El inspector Tigrili** (Humor)
41. Fernando LALANA y José M.ª ALMÁRCEGUI. **La bomba** (Humor)
50. Varios autores. **Compañero de sueños** (Cuentos)
58. Juan MUÑOZ. **Ciprianus, gladiador romanus** (Humor)
60. Michel VINAVER. **Las travesuras de Rosalía** (Aventuras)
61. Fernando ALMENA. **El pavo Facundo** (Humor)
64. Eduardo GALÁN. **La silla voladora** (Teatro)
67. Manuel L. ALONSO. **Los aventureros** (Aventuras)
71. Ana M.ª ROMERO YEBRA. **La vaca de Dosinda** (Poesía)
74. Hansjörg MARTIN. **No hay sitio para Tarzán** (Humor)
76. Juan MUÑOZ. **El diplodoco Carioco** (Humor)
90. Carles CANO. **¡Te pillé, Caperucita!** (Teatro)
94. Elvira MENÉNDEZ. **MNA** (Aventuras)
95. Eduardo GALÁN. **¡SOS, salvad al ratoncito Pérez!** (Cuentos)
98. Jacqueline CERVON. **Selim, el vendedor de alegría** (Aventuras)

104. Concha LÓPEZ NARVÁEZ. **Nieve de julio** (Cuentos)
106. Emilio SANJUÁN. **Carlos Baza, «Calabaza»** (Humor) ●
108. Elvira MENÉNDEZ. **Olock-Lolo** (Ciencia Ficción) ●
111. Emilio SANJUÁN. **Las vacaciones de Simón, Simón** (Humor)
115. Jordi VIVES. **El coleccionista de estrellas** (Aventuras) ●
125. Jordi SIERRA i FABRA. **Cabello blanco en cabeza peluda** (Humor)
131. Carlos ELSEL. **Buscando a Tana la orangutana** (Aventuras)
135. Luisa VILLAR LIÉBANA. **Misi-Mus ha desaparecido** (Misterio)
136. Miguel Ángel MENDO. **Mi abuela la bruja** (Cuentos) ●
140. KNISTER. **Willy, la mosca** (Humor)
141. César FERNÁNDEZ. **Bárbara y el misterio de Ariadna** (Misterio) ●
143. María Teresa ARETZAGA. **¡Otra vez a Carabás!** (Cuentos) ●
149. KNISTER. **El huevo prehistórico** (Humor)
151. César FERNÁNDEZ. **Los extraños vecinos del bajo B** (Misterio) ●
160. César FERNÁNDEZ. **La magia del samurái** (Misterio) ●
166. César FERNÁNDEZ. **Donde vive el miedo** (Misterio) ●
168. Enric LLUCH. **El faraón Nari-zotas** (Humor) ●
173. Pedro RUIZ GARCÍA. **Aventura espacial** (Ciencia Ficción) ●
176. César FERNÁNDEZ. **Ordenadores con bandera pirata** (Misterio) ●
186. César FERNÁNDEZ. **El hijo del ladrón** (Misterio) ●
193. Enric LLUCH. **La faraona barbuda** (Humor) ●
197. Pilar LOZANO CARBAYO y Alejandro RODRÍGUEZ. **Marco Polo no fue solo** (Novela Histórica)
200. Laura GALLEGO GARCÍA. **Mago por casualidad** (Fantasía) ●
203. Lin OLIVER. **El ataque de la cucaracha gigante** (Humor) ●

● Dispone de cuaderno de Lectura Eficaz.

También te gustarán

Otros libros del mismo autor

Los extraños vecinos del bajo B. César Fernández
Colección Altamar, n.° 151

Álex y su hermana Paz ven un repugnante líquido verde, claro y denso, con grumos de un amarillo oscuro, que sale por debajo de la puerta de los vecinos del bajo B. Y es que, desde que los nuevos inquilinos llegaron a la vivienda, están pasando cosas muy extrañas. Incluso desaparece inesperadamente Ramón, el vecino del tercero C, que es investigador del CSIC. Álex cuenta con la ayuda de su hermana Paz y de la divertida ardilla «Sana» para descubrir el misterio que rodea a los vecinos del bajo B.

Otros libros de humor

El ataque de la cucaracha gigante. Lin Oliver
Colección Altamar, n.° 203

Daniel Rock está hasta el gorro de ser el único chico de su familia. Le encantaría tener un hermano, pero se tiene que conformar con sus tres hermanas, su madre, su abuela y su bisabuela... Y lo malo es que casi nunca se lo ponen fácil. Pero un día Daniel descubre que tiene un hermano gemelo del tamaño del cuarto dedo de su pie izquierdo... Y que él mismo puede encoger hasta alcanzar ese tamaño... ¿Te imaginas la cantidad de divertidísimas aventuras que Daniel Rock y su hermano diminuto vivirán juntos?